dear+ novel
onzoushi no koiwazurai・・・・・・・・・・・・・・・・

御曹司の恋わずらい

小林典雅

新書館ディアプラス文庫

御曹司の恋わずらい

contents

illustration：須坂紫那

御曹司の
恋わずらい
onzoushi no koiwazurai

親ガチャに当たったかと聞かれたら、庶民《しょみん》なりに普通に愛されて育ったので、まあまあ当たりだったと藤平匠馬《ふじひらしょうま》は思っている。

ただ、身近に「親ガチャに恵まれた」という一文ではおさまりきらないレベルの人間がいるので、それに比べたら自分の親ガチャ成功率はえらく地味だったな、というのが正直なところだ。

幼馴染《おさななじみ》の九石薫《さざらしかおる》とは誕生日も一日違いで、家もほぼ隣で赤ん坊の頃から家族ぐるみのつきあいがある。

が、自分たちの間には、ミシシッピー河がメキシコ湾に注《そそ》ぐ汽水域《きすいいき》のようなくっきりした格差が存在する。

片や日本有数の資産家の御曹司《おんぞうし》、片や使用人の息子なので、世が世ならまともに口をきくこともかなわなかったに違いない。

幸い今が二十一世紀で、薫の親が選民《せんみん》意識のない善良な富豪だったことと、とある過去の経緯《けいい》により、格差をスルーした親友づきあいが許されていた。

薫の生家の九石家は、歴史の教科書に名前が載る財閥《ざいばつ》の系譜《けいふ》で、代々受け継いだ莫大な資産に加え、運用や配当で巨額の不労収入があり、口に糊《のり》するために働く必要がない。

薫の父親の傑《すぐる》は九石財団の名誉総裁という肩書を持つが、時折会議に出る以外、普段は趣味の彫像《ちょうぞう》づくりや自身で操縦《そうじゅう》するジェットヘリでの空のドライブなど、毎日が日曜日のような暮らしをしている。

薫の母の碧《みどり》も奈良時代まで家系図を辿れる由緒《ゆいしょ》ある家柄の出で、娘時代から好きだったオペラやバレエの後援や、着物のデザインなど、傑と同様趣味を嗜《たしな》みながら暮らしている。

これだけだと己の道楽に散財するだけのいけすかない富豪のようだが、九石夫妻は慈善活動や芸術振興《しんこう》、災害支援、医療や教育、緑化や脱炭素化《だつたんそか》の研究費用など社会貢献にも巨費《きょひ》を投《とう》じており、ノブレス・オブリージュを実践している。

一方、匠馬の両親は庶民生まれの庶民育ちで、九石家のお抱えシェフと家政婦をしており、住まいは九石家の通用門のすぐそばに戸建《こだ》ての職員住宅を貸与《たいよ》されている。

同じ敷地内の九石邸は三階建てのバロック様式の大豪邸で、前庭はシェーンブルン宮殿の庭園を模《も》しており、周りにゴルフコースや外車のディーラーばりの車庫にヘリポート、薫の祖父が初孫の誕生祝いにフランスの工房から取り寄せた巨大なメリーゴーランドがあるようなとんでもない広さなので、上から航空写真を撮ると、匠馬の家は東京ドームの外周のゴミ箱くらいの縮尺になる。

子供の頃、スーパーでおもちゃつきのラムネ菓子などをオマケ目当てにいくつもねだると、

「お金は一生懸命働いた血と汗と涙の結晶だから、無駄遣いはしちゃいけないの。ほんとに欲しいものを一個だけね」

と親に窘《たしな》められたが、薫の家に遊びに行くたび、どう見てもあくせく働いているようには見えない薫の両親のほうがべらぼうな大金持ちで、薫はなにも欲しがらないのに山のようにおもちゃをもらえるのはなぜだろう、と首を傾げたものだ。

九石家には住み込みと通《かよ》いの使用人が十五人ほどおり、ほとんどが縁故《えんこ》採用か信用できる知人からの紹介で、母の聡美《さとみ》も父親が九石家の庭師をしていた縁で、短大卒業後に家政婦の職に就《つ》いた。

使用人といっても給料もよく福利厚生《ふくりこうせい》も手厚く、普通なら美術館でしか見られないような真《しん》作《さく》の名画名品がそこかしこに並ぶ大豪邸での仕事を母はやりがいをもって務めている。

父の生馬《いくま》は若い頃ホテルのレストランで修行をしており、自分が考案したレシピがメニューに採用されたとき、客として来ていた傑がその味を気に入り、テーブルに呼んで、

「とても美味《おい》しかったです。もしよかったら私の専属料理人になってくれませんか」

といきなりスカウトしてきたという。

いまの主席料理人が高齢で引退することになったので、是非あなたに後任《こうにん》をお願いしたいと言われ、あの九石家の若当主が俺の腕をそこまで、と光栄に思ったが、いつかは自分の店を持

ちたくて修行していたし、個人のために作るより、大勢の人に食べてもらいたいという思いのほうが強く、丁重にお断りした。

傑はしつこく食い下がったりせず、

「そうですか。とても口に合ったので残念ですが、では客としてまた食べに来ますね」

と鷹揚《おうよう》に言い、その後本当に常連の上客になってくれ、毎回テーブルに呼ばれて料理の感想や世間話をするようになった。

そのうち、近々意中の人にプロポーズするので、是非当日特別ディナーを作ってもらえないかと頼まれ、その頃にはだいぶ気心も知れてきており、父は快諾《かいだく》した。

場所は店ではなく、自宅に恋人を招きたいので、一日だけ出張調理してほしいとリクエストされ、プロポーズディナーのメニューや盛り付けを熟考し、食材持参で九石邸に出向いたとき、厨房まで案内したのが母の聡美だった。

通用門から厨房まで一緒に歩いた徒歩十分のみちのりで父は母にひとめぼれし、いいところを見せようと完璧なディナーを作った。

おかげで無事プロポーズに色よい返事をもらえたと傑に喜ばれ、特別ボーナスをあげたいと言われたとき、

「九石様、『美味しかった』と言っていただけるのがなによりの報酬なので、これ以上は……、と言うべきなのですが、ひとつだけ叶えていただけますなら、いつぞやお声掛けくださいまし

た専属料理人の後任の席がまだ空いていましたら、是非私に……！」

と自薦《じせん》して、主席料理人の座につき、主人の食事と同じくらい情熱をこめて余り物の食材で賄《まかな》い飯に腕をふるい、母の胃袋を虜《とりこ》にして結婚まで漕《こ》ぎつけたという。

その馴《な》れ初《そ》めを聞き、まだよく知りあってもいない相手を落とすために前職を辞めて追っかけるなんて、父は情熱的と言うよりストーカーに近いし、母もキモいと怯《おび》えずに賄い飯に釣られるなんて食い意地張りすぎ、と若干《じゃっかん》呆れたが、いまもそれなりに仲良くやっているので相性は合っていたのかもしれない。


ともあれそのプロポーズディナーから半年後に傑と碧が、一年後に生馬と聡美が会場の規模と予算が桁《けた》違いの結婚式を挙げ、さらに一年後のほぼ同時期に揃って男児を出産した。

それが匠馬と薫だが、当初藤平家では母の産休明けに息子を保育園に預けて仕事に復帰するつもりで、主家《しゅか》の坊ちゃんに厚かましく息子を近づける気は毛頭《もうとう》なかったという。

が、近場の保育園に空きがなく、どちらの実家の親もまだ働いていたので預かってもらえず、遠くの園まで預けにいかなくてはならないという事情を知った碧が、

「それなら薫のベビーシッターさんに匠馬くんも一緒に見てもらうのはどうかしら。送り迎えも楽でしょうし、聡美さんには早く復帰してほしいから、遠慮なくそうなさって？」

と温情的な提案をしてくれ、両親は恐縮しながらもありがたく申し出を受けいれた。

薫のシッターの雪村《ゆきむら》に預けられたのは生後八ヵ月の頃で、傑と碧がなんでもかんでも息子の映像を残しておきたがって撮影しまくっていたおかげで、薫との初対面の映像も残っている。

木製の知育玩具《ちいくがんぐ》で遊んでいた薫の隣に匠馬が座らされ、互いに興味深そうにしばらく見つめあい、匠馬が片手を伸ばすと薫がおしゃぶりをしたままにっこり笑い、同じタイミングでひしっと抱き合い、勢い余って赤ちゃん相撲《ずもう》のように転がる映像は親たちのお気に入りで、「初対面からほんとに気が合ったのね」といまだに肴《さかな》にされる。

たぶん、そのときの自分は薫が咥《くわ》えていたプラスチックの髭《ひげ》のついたおしゃぶりが気になって、赤ちゃんのくせにその髭はなんだと触ろうとして手を伸ばしたんじゃないかと映像を見て推測しているが、八ヵ月の頃の記憶がないのでなんとも言えない。

ただ、喧嘩らしい喧嘩は二十二歳になるまで一度もしたことがなかったので、たぶん気は合っていたんだろうと思う。


乳幼児の頃は格差や身分差という概念がなかったから、なんで自分の家と違ってこっちの子供部屋はどれだけハイハイしてもなかなか壁にぶつからないんだろうとか、なんで薫ちゃんちはみんなおうちの中でもおでかけ用みたいな綺麗な服を着ているんだろうとか、なんで薫ちゃんのお誕生日のケーキは五段くらいあるんだろう、など不思議に思うことは多々あったが、薫ちゃんちはそうなんだ、とありのまま受け入れ、大量のおもちゃや遊園地に行かなくても庭にある五十頭の木馬と三台の馬車がついたメリーゴーランドやハイジみたいな木に下がったブランコなど、薫のために用意された素敵な遊び道具をありがたく享受《きょうじゅ》させてもらった。

薫は大切に育てられた子供の成功例のような上品でおっとりしたタイプで、多すぎる所有物を分かち合うことに抵抗感がなく、「薫ちゃん、それかちて」というたび「どうじょ」とすんなり貸してくれたし、悪戯《いたずら》もほとんどしなかったが、時折大人が凍りつくようなことを邪気《じゃき》なくやらかすことがあった。

二歳くらいの頃、ふたりの間で「暗号ごっこ」がブームになり、画用紙にクレヨンで太陽や車などを描き、このマークは『お外で遊ぼう』という暗号だとか、適当に意味をつける遊びにハマっていたことがある。

ある日、「暗号ごっこ」の最中に雪村がおやつのワゴンを受け取りにドアまで行った隙に、薫は壁に飾られていた大きなシャガールの絵に赤いクレヨンで花を描き、「これは『また明日もあそぼうね』っていうマークだよ」と笑顔で匠馬を振り返った。

家でお絵描きするとき、母から「このおうちはお借りしている家だから、お絵描き帳やチラシの裏以外、壁とか床には絶対落書きしちゃダメよ」と口を酸《す》っぱくして言われていたので、薫ちゃんちはセレブだから大丈夫なのかな、と思いつつ、「うん、明日もあそぼ！」と元気に答えると、背後で「ヒィッ！」と雪村が絞《し》め殺されるような悲鳴を上げて薫の手からクレヨンを奪い取ったので、やっぱりいけなかったんだ、と青ざめた。

もし自分が同じことをしたら母に逆さ吊りにされたと思うが、九石家の育児のモットーは「誉めて伸ばす」だった。

当時の文献で、人が成人するまでに耳に入る否定語は十四万八千語だと学んだ傑たちはなるべく薫に否定語を使わなかったので、「意外に色合いが原画にマッチしているし、形にもアーティスティックな芽を感じるね」「ええ、これはこれで修復せずに残しておきましょう」とまさかのお咎《とが》めなしで、メリーゴーランドを贈った祖父などは「今度は若冲《じゃくちゅう》の掛《か》け軸《じく》にも描きたしてみるか」と孫に言ったらしい。

こっぴどい叱責《しっせき》はなかったが、その日のうちに「今度はこっちに描いてちょうだいね」と同じサイズの真っ白なキャンバスが子供部屋に運び込まれてシャガールは撤去され、落書きしても落とせる陶板《とうばん》に原画を焼き付けたレプリカが後日飾られた。

回数的には滅多《めった》にしくじらないが、やるときはド派手な薫と違い、匠馬はちょいちょいやんちゃな男児がやりがちなことをしでかし、空飛ぶヒーローの真似をして家具の上から飛び落ちたり、雪村がカラフルな小麦粉粘土《ねんど》で作ってくれたケーキが美味しそうだったので齧《かじ》って飲み込んだり、どんぐりを鼻に詰めて取れなくなったり、年相応の悪戯はひと通りやった。

両親はこのまま悪戯ざかりの匠馬を九石家に預けていたら、そのうち取り返しのつかない粗《そ》相《そう》をしでかすのでは、と危惧《きぐ》し、その頃まだ順番待ちの申請をしていた近所の保育園に空きが出たのを機に、匠馬をそちらに移そうとした。

その旨《むね》を碧に伝えると、日頃大人しい薫がはらはら涙を零《こぼ》して嫌がり、「薫のために幼稚園まで一緒にいてやってもらえないかしら」と引きとめられた。

匠馬としても、保育園に行ったら薫ちゃんとあんまり遊べなくなるからつまらないな、と思っていたので、「オレも薫ちゃんといっしょがいい」と両親に訴えると、

「じゃあ、絶対にお邸《やしき》でなにかを壊したり、薫坊ちゃまに怪我や傷を負わせたりしないって約束して。もし破ったら匠馬もお父さんたちも全員ここを出ていかなきゃいけなくて、二度と薫坊ちゃまに会えなくなっちゃうからね」

ときつく言い含められた。

別に物を壊そうと思って壊したことは一度もないし、薫ちゃんのことも遊んでてたまたまぶつかって転ばせてしまったことはあるけど、わざとやったことなんかないんだけどな、と思いながら、

「ぜったいやりません。と思ってるけど、もしかしてうっかりやるかもしれないから、やらないように気をつけることを約束します」

と偽《いつわ》りない決意を伝え、一応受理された。

薫は三歳になると、ピアノやバイオリン、声楽にバレエなど碧の趣味で習い事を始め、一流の演奏家やダンサーが家まで個人レッスンに来た。

「匠馬くんも一緒にやらない？」と薫に誘われ、碧にも匠馬の分も楽器を用意するからよかったら遠慮なく、と勧められたが、いくらなんでもプロに師事《しじ》する法外なレッスン費や楽器代まで甘えるわけにはいかない、と両親が固辞《こじ》し、「もしおまえが本気でやりたいなら、薫坊ちゃまとは別の教室で習わせてあげるから、どうする？　やってみたい？」と匠馬の意思を問われた。

自分にはあまり芸術的素養があるとも思えなかったし、どうせ習うならもっとスポーツ系のものがよかったので、「ピアノとかバレエはやんなくていい」と正直に答え、薫のレッスン中は邪魔にならないように部屋の隅で雪村と一緒に練習風景を眺めていた。

薫が白いグランドピアノの前にちょこんと座り、小さな手を動かしてたどたどしく鍵盤《けんばん》を鳴らす姿や、バレエ用の練習着でバーレッスンを受ける姿は可愛くて微笑《ほほえ》ましく、だんだん上手になっていく姿を見ているだけでも充分楽しかった。

四歳になると、薫は幼児用にアレンジしたピアノ曲の「星に願いを」をマスターし、九石邸のホールに使用人たちを集めて披露《ひろう》した。

白いブラウスにライトグレーのニットのベスト、黒の半ズボンに黒のハイソックスは薫の基本コーデだったが、ピアノの前でぺこりとお辞儀《じぎ》をし、習い始めとは雲泥《うんでい》の差の滑《なめ》らかな指使いで曲を奏《かな》でる姿はちびっこピアニストのリサイタルのようで、薫ちゃんはすごいなぁと感心したし、ひそかにうっとりした。

傑と碧も感激もひとしおの面持《おもも》ちで撮影していたが、ピアノ教師の蜂谷《はちや》が、もし身内の前だけでなく、もっと大きな会場で演奏する機会をご希望なら、知人の主宰する音楽教室の発表会に出られるように手配するが、と提案し、本格的なステージで息子の晴れ姿が見られるなら、と傑と碧は二つ返事で依頼した。

発表会当日、胸にクラウンのエンブレムのついた紺色のブレザーと半ズボン、銀色の蝶《ちょう》ネクタイをつけて前髪を濡らして撫でつけた薫は、まるで外国の王室の子供のようだった。

薫は元々普段着もシックだったので違和感なく着こなしていたが、匠馬にも碧が厚意《こうい》で同じものを誂《あつら》えてくれ、いつもはしまむらの服しか着たことがなかったので気恥ずかしさが半端《はんぱ》なく、

「……オレ、発表会に出ないのに、こんな格好するの恥ずかしいし、オレが着ると変だから、

脱いでいい？」

と小声で母に訴えると、

「なに言ってるの。せっかく奥様が薫坊ちゃまとお揃いでご用意してくださったんだから、ちゃんと着ないと失礼になるわ。それに匠馬も全然変じゃないし、すごく似合ってるわよ。もしお父さんがいなかったら、お母さん、匠馬と結婚したいって思うくらい素敵よ」

とオーバーにおだてられ、薫にも「匠馬くん、かっこいい。僕たち双子みたいだね」と微笑まれた。

内心照れつつも満更でもなく、普段は写真を撮られるのが苦手だったが、その日は碧と雪村にバシャバシャ薫との2ショットを撮らせてあげた。

お抱え運転手の運転するベントレーで発表会の会場に向かうと、区民センターのようなこぢんまりしたところではなく、メジャーなアーティストがコンサートを行うようなキャパが二千人規模のホールだった。

実際の聴衆《ちょうしゅう》は一階席の半分ほどだったが、複数の音楽教室が合同で開催していたので大勢の生徒や家族がつめかけていた。

こんなすごいところで薫ちゃんは演奏するのか、と他人事《ひとごと》ながら度肝《どぎも》を抜かれていると、ロビーで待っていた蜂谷が匠馬たちに気づいてこちらにやってきて、薫の出演順を早めにしてもらったので、いまから控室に行くから、皆さんは客席にどうぞ、と撮影しやすいように前のほうの席を確保しておいてくれた。

「蜂谷先生、こんな機会を作ってくださって本当にありがとうございます。……じゃあ薫、お席で見てるから頑張ってね」

「楽しんで弾《ひ》いといで」

「練習通りに弾けば大丈夫よ」

「薫ちゃん、ファイト」

みんなで声を掛け、蜂谷に連れられて控室に向かう薫を見送っていると、薫は数歩先で足を止め、

「……あの、匠馬くんだけ、一緒に来てもらえない？」

と振り向いて小さな声で言った。

いつもおっとりと柔らかな笑みを湛《たた》えている小さな顔がそのときはやや強張っており、やっぱりこんなたくさんの人の前で弾くと思うと緊張しちゃうのかも、と匠馬は察し、

「いいよ、いっしょに行こ」

と薫の隣に行くと、きゅっとすがるように手を握られた。

薫が心細いときに頼ってくれたのが親でもシッターでもなく自分だと思うと、ひそかに誇らしい気分になった。

蜂谷に案内されて裏手の控室に行くと、壁に丸い電球で囲まれた鏡が三つ並んだ化粧台や

テーブルがある広い部屋には誰もいなかった。

隣の控室には何人かの着飾った子供たちが先生と電子ピアノで練習したり、楽譜をさらったりしているのがドアから見えたので、さすが薫ちゃんはセレブだから特別に専用の部屋なのかな、と感心していると、テーブルの上の小さなモニターから拍手の音が聞こえ、ステージの様子が映っているのが見えた。

同じくらいの年頃のピンクのワンピースの女の子がツェルニーを弾きはじめ、蜂谷は画面と進行表を見比べ、

「薫くん、あと五人で薫くんの番になるから、この女の子を入れて三人の演奏を聞いたら舞台の袖《そで》に行きましょう」

と言いながら、くるくる巻いて持ち運べる薄い電子鍵盤を平らに伸ばして薫の前に置いた。

「待っている間、すこし指馴《な》らしをしましょうか。薫くんはたくさんのお客様の前で弾くのは初めてだから、ステージに立ったらすごくドキドキすると思うけど、いっぱい練習したし、おうちで弾くのと同じ気持ちで落ち着いて弾けば大丈夫よ。間違えても気にしないで最後まで止まらないで弾こうね」

薫は緊張気味に「はい」と頷いて、練習用の鍵盤に両手を乗せて弾き始めたとき、蜂谷の携帯に着信があった。

「あ」と液晶画面を見た蜂谷の目が輝き、控室の隅に移動しながら「どうしたの?」と声を潜《ひそ》

めて話し出す。

なにかピアノの発表会とは関係ない話をしてるみたいだな、と匠馬が思っていると、「え、いま？　でも……」と困った顔でチラッと薫と匠馬を振り返る。

しばし話をしてから蜂谷は通話を切り、匠馬のそばに来て耳打ちした。

「匠馬くん、先生、ちょっとだけ用事があって席を外すけど、すぐ戻ってくるから、ほんのすこしだけここでふたりで待っててもらえる？　薫くんの出番までには絶対戻るから」

「うん、わかった」

蜂谷とはいままで挨拶《あいさつ》くらいしか直接話をしたことはなかったが、いつも薫に優しく教えている姿を見ていたので、先生がすぐ戻るというなら本当なんだろうとこくりと頷く。

蜂谷は「ごめんね、ちょっと行ってくるわね」と囁いて、ロングスカートの裾《すそ》を翻《ひるがえ》して控室を出て行った。

どこに行くのかな、先生のこいびとに会いに行くのかな、などと想像していると、薫が練習の手を止めて、

「匠馬くん、蜂谷先生、どうしたの？」

とすこし不安げな声を出した。

匠馬は数秒考えてから、

「えっとね、おトイレだって。すぐ戻るって言ってたから心配ないよ」

と演奏前の緊張や不安を高めないように適当な嘘を吐《つ》く。

そっか、と薫がホッと微笑んだとき、ドアがノックされた。

あれ、先生早いな、もう戻ってきたのか、と思いながらドアに目をやると、

「失礼します」

と黒縁《くろぶち》眼鏡をかけたスーツ姿の若い男がにこやかに入ってきて、お揃いの服を着た薫と匠馬を見て一瞬戸惑った顔をした。

「……ええと、薫くんは……?」

すぐに取って付けたような笑顔で問われ、薫が「はい」と答えると、

「薫くん、時間だから、ステージまで案内するよ。一緒に来てくれるかな」

と愛想よく言い、薫のそばまで来て椅子を引いて立たせようとした。

その様子からきっと音楽教室や会場の係員なんだと思ったが、

「あの、蜂谷先生がすぐ戻るって言ってたし、薫ちゃんの順番は五番目で、あと三人聴いてから行くって言ってたけど」

と言うと、相手は一瞬動きを止め、歯茎《はぐき》まで剝きだすような笑顔を匠馬に向けた。

「その蜂谷先生から薫くんを連れてきてって頼まれたんだよ。さあ薫くん、ご両親が演奏を聞きたくて待ってるから、早く行こうね」

せかす仕草で薫をドアまで連れていくメガネの男を慌てて追いかけると、

「君はここでモニターで見ててくれるかな。ステージの袖に出演者以外の子がいると邪魔になるからね」

とついていこうとした匠馬を男が制した。

「え……」

廊下には出番前らしき子供や終わった子が大人と一緒に歩いており、演奏もしない子供がうろちょろしてたらほんとに邪魔かもしれない、と足を止めたとき、

「……でも、匠馬くんも一緒に来てほしいです。匠馬くんが近くで見ててくれたら、おうちで弾いてる気持ちになれるし……」

と薫が匠馬の手を引き寄せるようにしながらメガネの男に言った。

緊張ですこし冷たくなった指先で強く手を握られ、薫ちゃんが来てほしいと言ってるんだから置いていかせないぞ、という気持ちを込めてメガネの男を見上げると、相手は一瞬目を眇《すが》め、かすかに舌打ちしたような音が聞こえた。

すぐ笑顔に戻って頷いたので、気のせいかな、と思いつつ一緒に控室を出ると、メガネの男はすれ違う人たちに微笑で会釈《えしゃく》しながらふたりを連れてどんどん奥に向かう。

節電中らしく天井の電気がひとつ置きに消された奥まった廊下にはひと気《け》がなく、ステージに行く道ってこんなほうにあるのかな、と不思議に思ったとき、

「ちょっと演奏前にトイレにいっとこうか。緊張してステージで行きたくなると困るし、

ちょっとでも出しといたほうが安心だよ」

と男がにこやかに言い、薫も素直に頷いた。トイレのドアには漢字三文字の貼り紙が貼られていたが、メガネの男は構わずドアを開け、フレンドリーな態度とは裏腹に、ぐいっと強引に背中を押して中に押し込んだ。

なんか乱暴だな、と口を尖《とが》らせたとき、トイレの中に大きな段ボール箱を乗せた台車と宅配業者の男がいるのに気づき、匠馬は目をぱちくりさせた。

ロビーにプレゼントみたいなお花がたくさん飾ってあったから、配達に来てトイレを借りたのかもしれないけど、なんで狭いトイレの中に台車を入れてるんだろう、廊下に置いといたらおしっこ中に荷物を盗まれると思ったのかな、と考えていると、

「……なんでふたりもいるんだよ」

と配達員がメガネの男に同じ制服と帽子を渡しながら声を潜めて言った。

あれ、この人たちは知りあいなのか？　と怪訝《けげん》に思ったとき、

「しょうがねえだろ、いたんだから。とにかく急ごう」

とメガネの男が早口に言いながらスーツの上から作業服を着だす。

一体なにしてるんだ、と戸惑う間にも、

「どうすんだよ、もうひとりは。縛って個室に隠すか」「いや、小賢《こざか》しげだし、俺たちの風体《ふうてい》とかしゃべりそうだから、一緒に連れてく」というやりとりを聞き、こいつら悪者だ、と匠馬

はハッとする。

咄嗟《とっさ》に逃げなければ、と本能で悟《さと》り、薫の手を摑んで「誰か！」と大声で叫ぼうとした瞬間、「黙れ！」と張り手のように口を塞《ふさ》がれ、暴れる前に変な匂いの布を押し当てられた。

なんだこれ、苦しい、薫ちゃんと逃げなきゃいけないのに……！　と思ったところで一度ブツッと記憶が途切れる。


次に目を覚ましたとき、匠馬は見知らぬ地下室のような場所にいた。

コンクリート打ちっぱなしの寒々しい部屋の冷たい床に、後ろ手と両足首を粘着《ねんちゃく》テープできつく巻かれて転がされていた。

なにが起きたのかすぐにはわからなかった。薬を嗅《か》がされたせいで頭がズキズキし、無理にひねりあげられた手首や指先がひどく痛んだが、背後で小さく嗚咽《おえつ》する声が聞こえ、匠馬はハッと目を見開いた。

幸い猿轡《さるぐつわ》はされていなかったので、「薫ちゃんっ！」と背後の声に呼びかけ、必死に床の上でのたうちまわって向きを変えると、木のスツールに座らされてロープで縛りつけられた薫の姿が目に映った。

匠馬は息を飲み、

「薫ちゃんっ、大丈夫？　けがしてない？」

と必死に確かめる。

よもや薫と自分が毎週楽しみにしている戦隊物の悪の軍団に囚《とら》われたメンバーのような目に遭《あ》うなんて思いもよらなかった。

薫は泣き濡れた瞳に新たな涙を浮かべ、

「う、うん、けがはだいじょうぶ……、しょ、匠馬くんっ、よかった、生きてたんだね……！」

と感極まったように言った。

「生きてるよ、手と頭がすごく痛いけど。……ねえ薫ちゃん、ここどこだろう……？　あいつらのアジトかな……」

照度《しょうど》の低い照明がひとつついているだけの薄暗い部屋の中を、なんとか首を巡らして窺うと、ドアも窓も家具もなく、階上へ通じる階段がひとつあるだけだった。

自分たちの身にものすごく悪いことが起きているのはわかったが、いまは怖い大人の姿は見えないし、戦隊物では絶対に最後は助かるという刷《す》り込みもあり、なにより薫と一緒だったから、心底絶望的な気持ちにならずに済んだ。

さっきのメガネの男と配達員は自分たちをどうする気なんだろう、と不安を抱きながら、芋《いも》虫《むし》ごろごろの要領で薫のそばまで転がっていく。

足元まで辿りつくと、椅子の下に丸い水の染みができており、どこかで嗅《か》いだことのあるほんのり生温かな匂いがした。

薫はいたたまれないように椅子の上で腿《もも》をさらに閉じ、消え入りそうな声で言った。

「……あの、匠馬くん、お願いだから、誰にも言わないで……」

か細い声で懇願《こんがん》されて、その濡れた染みが薫のおもらしだとわかった。

薫は弁解するように小さな声で言葉を継いだ。

「……えっとね、さっき目を覚ましたら、あのメガネの人が来て、スマホに向かって『パパ、助けて』って言えって言われて、怖くて声が出せなかったら、耳を引っ張られて、言わないともっと痛いことをするって言われたから、そう言ったんだ。そしたら上に行っちゃって戻ってこないし、よく見たら床に匠馬くんが倒れてて、何度も呼んだけど起きてくれなくて、そばに行こうとしたけど、床に足が届かなくて……、もしかしたら匠馬くんが死んじゃったのかもって思って、すごく怖くて悲しくて、いっぱい泣いてたらトイレ行きたくなっちゃったんだけど、縛られてるから行けなくて、ずっと我慢してて、いま匠馬くんが生きてたってわかったら、びっくりして嬉しくて、おしっこが出ちゃって……」

「そっか……」

メガネ野郎に怖い思いをさせられたうえ、自分の身を案じてこんなことになったと聞いたら、ただ不憫《ふびん》なだけで、汚いとか赤ちゃんみたいだなんてすこしも思わなかった。

「ぜったい誰にも言わないから、大丈夫だよ」

きっぱり約束したあと、もしまたメガネと配達員が戻ってきて床の染みを見たら、薫をバカにするかも、と匠馬は薫の名誉のために策を講《こう》じる。

離れた場所に椅子を移動させて誤魔化《ごまか》そうと思ったが、薫は自分で動けないので、「ちょっと押すよ」と縛られた両足で椅子の足をすこしずつ押しながら水跡から遠ざける。

椅子を倒さないように気をつけながら、なんとか一メートルほど位置をずらし、薫の足に伝う雫《しずく》の残りを後ろ向きになって肩や腕の袖で拭《ぬぐ》い、証拠を隠滅《いんめつ》する。

「薫ちゃん、もう安心していいよ。もしあいつらが来ても、薫ちゃんがやったってわかんないから」

縛られて寝っ転がったままの作業だったので、ぜえはあしてしまったが、これで薫が恥をかかずに済む、と満足して笑みかけると、薫はまたじわっと瞳を潤《うる》ませた。

「ありがとう、匠馬くん……。ごめんね、せっかくお揃いのお洋服なのに、おしっこ拭《ふ》かせちゃって……」

済まなそうに詫びられ、ハッとする。

しまった、あとで「奥様が誂えてくださった晴れ着を汚して……！」とおかあさんに怒られるかも、と内心怯《ひる》んだが、でもこれは薫ちゃんの名誉のためにしたことだから、きっと許されるし、逆に誉められるかも、とポジティブな予想をして気を取り直す。

なんとか自力で脱出できないか階段の下まで転がって上を覗いてみたが、何段もある長い階段を椅子に縛られた薫と手足が使えない自分が共に上がって扉を開けるのは不可能に思えた。

縛《いまし》められた手が自由にならないか動かそうとしてみたが、手首から指先までぐるぐるに粘着テープで巻かれていて一ミリも緩《ゆる》まなかった。

その様子を見ていた薫が、

「匠馬くん……、僕たち、もう逃げられずに殺されちゃうのかな……」

と声を震わせて涙ぐんだ。

「違うよ、そんなはずない！」

匠馬は断言し、また転がりながら薫のそばに戻る。

「だって殺す気なら、こんな風にわざわざ閉じ込めたりしないでさっさと山に埋めるか海に捨てちゃうと思うもん。さっき薫ちゃんのパパに電話したって言ってたし、きっとこれは『みのしろきんめあてのゆうかい』ってやつだと思う。薫ちゃんは大金持ちの子だから、きっとそれだよ」

父がよく晩酌《ばんしゃく》しながら見ている刑事ドラマを膝に座って一緒に見ているので、聞き覚えた言葉を使ってみる。

「ゆ、ゆうかい……？」

顔をひきつらせて繰り返した薫に、匠馬はこくりと頷く。

「ドラマの中で刑事さんが言ってたけど、日本では『みのしろきんめあてのゆうかい』って、あんまり成功しないんだって。あいつら、きっと防犯カメラにいっぱい映ってるし、今頃薫ちゃんのパパが警察のえらい人と全力で探してるに決まってる。ぜったいもうすぐ来てくれるから、ぜつぼうして泣いちゃダメだよ！」

そう励《はげ》ましながらも、本当は自分も怖かったから、半分自分に言い聞かせるつもりで強気で言うと、薫は「う、うん……！」と唇を引き結んで力を込めて首肯《しゅこう》した。

それからなんとか膝立ちになり、薫の椅子の後ろのロープの結び目を口で緩められないかがじがじ頑張ってみたが、がっちり縛られていて歯が折れそうになってしまう。

「匠馬くん、もういいから無理しないで。今度は僕が匠馬くんの手のテープを口ではがしてみるよ」

そう言われ、縛られたまま根性で立ちあがって両足でジャンプしながら薫の前に後ろ向きに立つ。

薫が手首に顔を寄せてテープの境目を歯でめくろうとしてくれたが、こちらもがっちり貼られており、うまくいかなかった。

ふたりで無駄に体力を使い、期待も外れてテンションが落ちたが、匠馬は気を取り直すように努《つと》めて明るい声で言った。

「じゃあ、しょうがないから、薫ちゃんのパパが助けに来てくれるまで、『暗号ごっこ』でもして待ってようか」

黙ってじっとしていたら、きっといろいろ悪いことを考えてしまいそうだったし、どうせ待つしかできないなら、ふたりで楽しいことをしようと思った。

ふたりとも縛られ、遊び道具もないのでしりとりくらいしかやれないかと思ったが、足は動くので、昔ブームだった「暗号ごっこ」を思い出して提案してみる。

うん、と頷いた薫と、足で空中に絵を描いて適当な意味をつけあう。

食への執着心の強い両親の血を受け継ぎ、足で三角や二重丸を描いては「これは『おにぎりが食べたい』のマーク」「こっちは『目玉焼きが食べたい』のマーク」などと食べ物のことばかり言う匠馬に、

「あはは、匠馬くんはこんなときでもおなかすくんだね」

と薫が笑う。

「でも、ほんとにちょっとおなかすいたかも。僕、ママとお庭でピクニックするとき、お弁当はサンドイッチが多いから、おにぎりって食べたことないけど、匠馬くんはおにぎりが好きなの？」

そう問う薫の表情がさっきよりも和《やわ》らいで、普段子供部屋でおしゃべりするときのような寛《くつろ》いだ口調になっていることに気づいて、匠馬は内心ほっとする。

それまでずっと恐怖や不安で翳《かげ》っていた瞳に明るさが戻り、すこしは気が紛《まぎ》れたみたいでよかった、と思いながら、父の作るこだわりの焼きたらこおにぎりや母のわかめごはんおにぎり

の美味しさを力説すると、

「へえ、そんなにおいしいんだ。僕も食べてみたいな。今度作ってもらおうかな」

と薫が微笑む。

そのあとちょっと考えるような間をあけてから、薫は椅子の上でスッと縛られた両足を持ちあげ、爪先《つまさき》で星の形を描いてから匠馬を見おろして言った。

「このマークは『いま匠馬くんが一緒にいてくれてほんとうによかった』っていう暗号だよ」

「……」

きっと『僕もおにぎりが食べたい』みたいな暗号が来るかと思っていたので、一瞬驚いたが、幼心に胸がきゅんとした。

自分も同じ気持ちだったから、「オレも」と同じマークを描こうとして、厳密《げんみつ》には『匠馬と一緒で』と自分が言うのはおかしいから、『薫ちゃんと一緒でよかった』というにはなにか別のマークを考えなくては、と思ったとき、それまで静かだった頭上でバタバタと何人もの足音や人の声のような音が聞こえ、ふたりでハッと天井を見上げる。

もしかしたら助けが来てくれたのかも、と思う気持ちと、でもこんなに早く見つけてくれるだろうか、という不安もあり、もし犯人の仲間が増えたんだったらどうしよう、と固唾《かたず》を飲んで上の気配を窺う。

ガチャガチャと階段の上の扉を開ける音と同時に光が射すのが下からも見え、階段を下りて

くる複数の足音に息を詰めたとき、

「薫くん、匠馬くん、警察です。もう大丈夫だよ」

という声と共に懐中電灯を持った警察官の姿が見え、匠馬は安堵して止めていた息を大きく吐く。

数名の警察官のあとに続いて、

「薫っ、薫は無事かっ？　匠馬くんは……⁉」

と傑が現れ、「匠馬っ、坊ちゃまっ！」と聡美もまろぶように下りてくる。

警察官が匠馬の手足の粘着テープを剝《は》がして自由の身にしてくれた途端、泣き顔の母にきつく抱きしめられた。

腕が痺《しび》れて感覚がなかったが、早く母の胸に顔を埋《うず》めて安心したくてしがみつく。

薫ともども赤ん坊に戻ったように親に抱っこされて地下室から上に連れだされ、ようやくもう大丈夫なんだと心の底から思えた。

そこは森の中の貸別荘で、誘拐犯のふたりは手錠《てじょう》をかけられて外のパトカーの中にいた。

女性警察官になにがあったか優しい口調であれこれ質問され、コンサートホールの控室からいままで起きたことを覚えている限りすべて話した。

あとで聞いたところによると、犯人たちは九石家御用達《ごようたし》の百貨店「銀座高島田《ぎんざたかしまだ》」の外商部員で、何度か高級品の販売取引で九石邸を訪れたことがあり、傑と碧が薫のためなら金に糸目をつけないことを知り、ネットカジノで負った多額の借金返済のために犯行を思いついたという。

メガネの男は仕事で九石邸に来たときに蜂谷と顔見知りになり、計画のためにロマンス詐欺《さぎ》的に恋人関係になり、たまに傑とジェットヘリに乗るくらいでほぼ九石邸を出ない薫がピアノの発表会に出ることを聞き出したという。

足がつかないように飛ばし携帯で身代金を要求し、他人名義の海外口座に仮想通貨で入金させる計画だったが、溺愛する息子のためにあらゆる権力を駆使《くし》した傑の敵ではなく、あえなく発生から四時間でお縄《なわ》になった。

ちなみに蜂谷は共犯ではなく、ただ恋人と信じる男に問われるまま薫の話をしただけで事件に積極的な関与はしていなかったが、迂闊《うかつ》に情報を流し、当日も嘘の呼び出しに席を外して目を離し、犯行を助けたことは事実なので、ピアノ教師の任を解かれ、銀座高島田との取引もその後一切打ち切られた。

事件後、薫と匠馬は心理カウンセラーのセラピーを受けさせられ、トラウマにならないように配慮されたが、繊細《せんさい》な薫はしばらく薄暗い部屋を怖がり、夜尿《やにょう》も続いてしまったらしい。

匠馬は雑草魂《ざっそうだましい》でメンタル的な影響はなかったが、身体のほうに後遺症が残ってしまった。

コンサートホールのトイレで気絶させられて箱に詰められたとき、慌てた犯人が力任せに手を粘着テープで巻いたせいで左手の小指が折れてしまい、そのまま圧迫された状態が四時間続き、ごろごろ何度も移動もしたので神経が傷つき、骨折が治ったあとも小指がうまく動かなくなった。

誘拐されている間は気を張っていたので多少の痛みは気にならず、発見されたあとも早く家に帰りたくて、警察官の前でも痛がらなかったので、変色しているのはテープの圧迫のせいだろうと見過ごされたが、家に帰って安心した途端に激痛を感じて両親に訴え、病院に連れていかれて折れていたことがわかった。

くっつけば治るから、このことは薫坊ちゃまや旦那様たちには内緒にしよう、おまえは強い子だけど、坊ちゃまは事件のことはもう思い出したくないだろうし、旦那様たちもきっと心配なさるから、と親に言われ、小指の包帯のことを薫に訊かれたときは、「家で転んだ」と答えた。

しばらくして骨折は治ったが、自力では関節がわずかしか曲げられなくなった。

いまも左手では完全な形のグーとチョキができないし、左手で湯飲みやカップを持つとうっすら小指が立ってしまうし、リコーダーやオカリナを吹くのが難しいなどの細々《こまごま》した不便はあるが、利き手は右手だし、まったく動かないわけではないので、特に支障は感じていない。

包帯が取れてからも、薫たちには後遺症のことは伏せていたが、通院していた病院が誘拐による怪我だとカルテに事実を記載し、報告義務に則《のっと》ったことから警察経由で九石夫妻の耳にも届いてしまった。

九石夫妻は血相《けっそう》を変え、すぐに世界最高峰の神経外科医や整形外科医に手術やリハビリを依頼して必ず元通りに治してもらう、本当に申し訳なかったと誠心誠意詫《わ》びてくれ、慰謝料も九ケタ用意してくれたが、両親はそこまでしてもらうほどのことじゃないし、たまたま今回こんな形で怪我を負ったが、元々腕白《わんぱく》な匠馬のことだから、今回のことがなくても似たような怪我をしただろうし、本人がまったく気にしていないので、どうかお気になさらず、と固辞した。

匠馬も本当にたいしたこととは思っていなかったし、治すために新たに手術するほうがよっぽど嫌だったから、これで終わりでよかったのに、親から事実を聞いた薫はひどく責任を感じてしまい、号泣《ごうきゅう》といっていい泣き方で謝ってきた。

「ご、ごめんね、匠馬くんっ……。僕のせいで、一生なおらない怪我をさせちゃって……！発表会のとき、匠馬くんに『一緒に来て』なんて言わなければよかった……！」

匠馬の左手を両手で包み、ぼたぼたと大粒の涙を零す薫に「泣かなくていいよ」と言おうと思ったのに、自分のために薫が泣いていると思ったら、どうしてか嬉しい気がして、すぐには返事をしてあげられなかった。

さすると元に戻るかのように何度も小さな掌《てのひら》で小指を撫でながら、ひっくひっくとしゃくりあげる様子がさすがに可哀相になり、やっと匠馬は口を開く。

「薫ちゃんのせいじゃないからあやまらないでよ。だってやったのは『ゆうかい犯』で、薫ちゃんも『ひがいしゃ』だしさ。もし薫ちゃんがあの日オレに『一緒に来て』って言わなかったら、薫ちゃんはひとりでさらわれちゃっただろうから、それだったらオレも一緒でよかったし、もし薫ちゃんの手が怪我してたら、もうピアノ弾けなくなっちゃうから、やっぱり怪我したのもオレでよかったって思うもん。だからもう泣かないで」

強がりじゃなく本心からそう言うと、薫はまたぶわっと涙を溢れさせ、

「匠馬くんっ……」

と抱きついてきた。

その頃は身長や体つきがほとんど変わらなかったから、ぎゅっと抱きつく薫と頬が触れあった。

涙で濡れた柔らかで滑らかな感触や、しがみつかれる腕の必死さや、薫の髪や服からほのかに漂う品のいい香りが心地よくて、こんな風に謝ってもらえるなら、あと何回くらいかは薫ちゃんのために怪我してもいいかな、とひそかに思ったことを覚えている。

誘拐事件のあと、傑《すぐる》と碧《みどり》は危機管理意識が甘かったことを猛省《もうせい》し、二度と薫《かおる》を危険に晒《さら》さないために今後の安全性の確保について要人警護《ようじんけいご》のスペシャリストにチームを組ませた。

改めて全使用人や習い事の先生、九石《さざらし》邸に出入りする業者や財団職員などの身辺《しんぺん》を洗い直し、本人や親族、交際相手に金使いが荒かったり、金銭的に困窮《こんきゅう》して悪事を企《たくら》む可能性のある者、

小児性愛の疑惑のある者などがいないか、徹底的に再調査した。

もう最愛の息子が殺されるかもしれないという恐怖を味わいたくなかった九石夫妻は、いっそ薫を家から一歩も出さずに育てようかとまで考えたらしい。

でも薫本人が「僕、幼稚園に行きたい」と楽しみにしていたので、なんとか安全に通えるようにと多額の寄付と引き換えに園のセキュリティを私的に強化させた。

薫が通う予定の幼稚園は良家の子弟《してい》が通う名門の煌星《こうせい》大学付属幼稚園で、元々セキュリティレベルが高く、元事務職だったおじさんの退職後のバイト的な素人《しろうと》警備員はおらず、本格的な訓練を積んだ警備員が死角なく目を光らせていたが、さらに九石家からも用務員や清掃員、給食の調理員などに扮《ふん》したSPを追加配備させ、防犯カメラも増量して設置させた。

薫本人にもGPSつきのイヤークリップを装着《そうちゃく》させ、制服のボタンや通園バッグ、帽子のリボンの内側や靴の踵《かかと》など、どれかを奪われてもどれかは残るように複数仕込むことになった。

教室内にもSPを配備させたいと申し出たが、そこまでは他の園児への影響もあるのでご遠慮ください、と丁重《ていちょう》に却下された。万が一担任や副担任が蜂谷《はちや》のように誰かに手引きされる可能性や、園児たちも親や誰かにそそのかされて薫を標的にする手駒《てごま》になる可能性がゼロとは言えない、と病的な強迫観念に取りつかれた九石夫妻は隠し玉として匠馬《しょうま》に白羽の矢を立てた。

その日、仕事が休みだった父と、ラップの芯《しん》を蛍光《けいこう》ペンで塗ってライトセーバーごっこをして遊んでいたとき、九石夫妻がわざわざ藤平《ふじひら》家までやってきた。

「匠馬くん、君には薫の巻き添えで怖い目に遭わせたうえ、小指に怪我を負わせてしまって、こんなことを頼めた義理ではないと重々承知しているんだけれど、君のような賢《かしこ》くて勇気がある子にしか頼めないことをお願いしたいんだ。どうか薫と同じ幼稚園に通って、先生以外の大人が立ち入れない場所でも、薫の一番近くにいて悪い人が近寄らないように守る役目を君に頼めないかな」

「え」

薫の子供部屋のような本物志向の外国製のおもちゃなどひとつもない、父が空き箱で作ってくれたロボットやハッピーセットのオマケなどが散らばる和室で土下座せんばかりに頭を下げられ、匠馬は面食らう。

生馬《いくま》が大慌てで、

「旦那様も奥様も、どうか御顔をお上げくださいっ」

と促《うなが》す。

頭を上げたふたりにすがるように見つめられ、匠馬はしばし考えてから口を開いた。

「えっと、薫ちゃんを守ってくれって言うならやりたいけど、オレ、薫ちゃんとちがう『こうりつ』の保育園に行くみたいだし……、もしまた怪しいやつらが薫ちゃんをさらおうとしたら、ぜったい前のときより警戒して、もうのこのこついてったりしないし、もっと早く叫んでほかの人に知らせたり、手に嚙みついたり、頑張って戦う気はあるけど、オレまだ子供だから、くさい布で眠らされたらまた負けちゃうかもしれないんだよ……」

前回もおかしいなと思いつつ、音楽教室の係員だと信じてやすやすと連れだされてしまった失態があるので、傑たちの期待に応《こた》えられるかいまひとつ自信が持てなかった。

せっかく「賢くて勇気がある」と戦隊物のヒーローみたいな誉め言葉を言ってくれたのに、本物のヒーローには程遠いことを正直に打ち明けると、傑が整った面立ちに柔和な笑みを浮かべた。

「君は本当にいい子で、心から信頼できる男の子だよ。地下室に閉じ込められて、怯《おび》えて泣くばかりの薫をずっと励《はげ》ましてくれたそうだね。君だって怖かったはずなのに、本当に感謝しているんだ。……私たちがそう育ててしまったんだけれど、薫には君のような逞《たくま》しさがないし、人を疑うことも知らない。いくら気をつけなくてはいけないと教えても、うっかり騙《だま》されてまた連れ去られたりしないか心配なんだ。でも君はなにか変だとか怪しいとちゃんとわかる子だから、薫が君のようにしっかりするまで、助けてやってほしいんだ」

自分も薫と同い年の子供だというのに、対等な相手に話すように切々と懇願《こんがん》される。

碧からも傑に劣《おと》らぬ真摯《しんし》な表情で、

「実はね、ほかに護身術のたしなみがある子を探して、新しいお友達になってもらってクラスメイト兼ミニSPになってもらうのはどうかしらって薫に言ってみたの。でも、新しいお友達じゃなくどうしても匠馬くんがいいと言うのよ。ミニSPと言っても、いままでどおり普通に仲良くしてくれるだけでいいの。ただ薫になにかまずいことが起こりそうだと匠馬くんが思ったときに、すぐ人に伝えたりして、手を貸してもらえたら本当にありがたいのだけれど」

とまた切々と訴えられた。

ずっと薫のそばにいてほしいと、そんなに一生懸命頼まれなくてももちろんOKだったし、もし自分が断ればもっと強い別の子が薫の隣に張り付いて、自分より仲良くなってしまうかも、と思ったら、絶対そんなの嫌だと思った。

匠馬は隣の生馬を振り仰《あお》ぎ、

「おとうさんっ、うち、薫ちゃんと同じ幼稚園に通うお金払える？　こないだ薫ちゃんのパパがくれようとした『いしゃりょう』かえしちゃったから、お金ない？」

と勢い込んで問うと、

「バカおまえ、旦那様たちの前でなに言って……、おまえの教育資金はちゃんと貯金してあるから大丈夫だ」

と父に口を塞《ふさ》がれながら言われ、傑たちからも「もちろん匠馬くんの分はうちで出させてもらうよ」と言われた。

金銭面での懸念《けねん》が解消したので、匠馬は薫の「ミニSP」役をはりきって引きうけ、役目に見合うように武道を習うことにした。

匠馬の武道の先生になってくれたのは叔父の藤平蒼馬《そうま》だった。

当時まだ幼かったので、町の道場にひとりで通わせるのが心配で、父が武道の心得のある末《まっ》弟《てい》に頼んでくれた。

三人兄弟の長男の父とはひとまわり離れている蒼馬は当時高校三年生で、三歳から習っていた柔道は黒帯、合気道《あいきどう》や剣道も有段者で、警察官を目指していた。

毎週末、匠馬の家まで来てくれ、

「匠馬、おまえ、チビでも見どころあるよ。おまえより大きくてもすぐおおげさに痛がったりする子もいるけど、おまえは根性があるし、勘もいい。続けてればきっと強くなれるよ。まあ俺には一生勝てないだろうけど」

などと言いながら庭の芝生にマットを敷いて稽古《けいこ》をつけてくれ、終われば両親が戻ってくるまで一緒に遊んでくれた。

父をすこし若くしてすごくかっこよくして、百倍面白くしたような蒼馬は匠馬の憧《あこが》れで、稽古の日が楽しみだった。

薫にも幼稚園への送迎の車中で蒼馬の話を熱く聞かせると、「僕も一緒に習いたいな」と言いだした。

「え。薫ちゃんはダメだよ。ほかのゲージュツ的な習い事で忙しいし、柔道って取っ組み合いのケンカの高度なやつみたいだから、怪我しちゃうよ。蒼馬にいちゃん、オレのこと、ようしゃなく投げ飛ばすんだよ。フリだけど。くるっと一本背負いのフォームで回転させて、最後はそっと下ろしてくれるんだけど」

基本の練習のあとに遊びで技をかけてくれるときのことを言うと、

「それって、ようしゃしてくれてるんじゃないの？　投げるフリなんだよね？　僕のこともくるっとしてそっと下ろしてくれれば怪我しないと思うんだけど」

と薫が小首を傾《かし》げながら指摘する。

「そうだけど、そっと下ろすのはいまだけで、もっと大きくなったらフリじゃなくて本格的に投げ飛ばすって言ってたもん。オレも稽古でアザとかできたし、薫ちゃんの体がアザだらけになっちゃったら、薫ちゃんのパパとママが気絶しちゃうよ」

なんとなく薫の体は綿あめや羽毛のようなふわふわしたものでできているようなイメージがあり、柔道なんか習ったら壊れてしまうような気がして懸命に反対する。

それにもし薫自身が強くなったら、自分がミニSPとしてそばにいる意味がなくなってしまうかも、という心配もあり、思いとどまらせなければいけないと思った。

薫はしばし黙ってから、

「じゃあ、パパとママに聞いてみる。でも、僕がもしまた悪い人に狙われたときに自分でも反撃できたほうがいいから、きっと『いいよ』って言うと思うよ」

と穏やかに言った。

結局薫に甘い傑と碧は薫の希望を尊重し、蒼馬に手心を加えるようにこっそり頼んで毎週末の指導を受けさせることにした。

蒼馬も甥《おい》っこたちが誘拐されたことに胸を痛めたひとりで、二度と起きてほしくないと思ってくれていたし、薫が九石家の御曹司《おんぞうし》である限り何者かに狙われる可能性は常にあるので、柔道に加えてより実践的な護身術も薫担当のＳＰから習って教えてくれた。

大人に連れ去られそうになったときにどこをどう攻撃すれば逃げられるか、子供でもできる技を薫と一緒に習い、蒼馬相手に練習した。

つい練習に熱が入りすぎ、本気で噛みついたり、渾身《こんしん》の力で金的や目つぶしや鼻打ちをしてしまっても、

「……ふたりとも、いまは本番じゃないから加減しろって言ったよな……。でも、本番なんてないに越したことはないけど、いざってときはいまくらい全力でやるんだぞ」

と激痛に悶《もだ》えながらもふたりの頭を撫でてくれ、強くて男気のある蒼馬のことを、匠馬も薫も歳の離れた兄のように慕《した》っていた。

幼稚園を卒園するまでの二年間、匠馬の柔道の上達とはあまり関係なく、厳重すぎるガードのおかげで薫の身辺は平穏無事だった。

小学校へ上がるときも、また傑と碧から、

「匠馬くん、幼稚園へは君が一緒にいてくれると思うと安心して薫を送りだせたから、どうか小学校でも薫のミニSPを続けてもらえないかな」

と頭を下げられた。

ただ楽しく薫と仲良くしているだけで実質なにもしていないのに、やたら感謝してもらえるので、「いいよ!」と快諾《かいだく》し、「『わかりました』と言いなさいっ!」と親に怒られながら、薫と同じ煌星大学付属小学校に入学した。

幼稚園のときは友達の親が資産家か庶民《しょみん》かなどよくわからなかったし、どうでもよかったが、小学生になるとなんとなくわかるようになるし、生まれでランクづけするような輩《やから》も増えた。

クラス内の分布をざっくり分けると半数が一般家庭、残りの三分の二が上流家庭、三分の一がさらに超がつく名門の令息《れいそく》たちで、薫はトップオブトップの九石家の御曹司として良くも悪くも注目を浴びた。

取り巻きになろうと媚《こ》びてきたり、親の威《い》を借りて張り合おうとする子などが入れ替わり立ち替わり寄ってきたが、薫はどの派閥《はばつ》や勢力争いにも与《くみ》せず、いつものほほんとマイペースに過ごしていた。

大新聞の社長の孫という子が、

「九石くん、僕、昨日お寿司を食べに日帰りで北海道に行ってきたんだけど、道知事《どうちじ》がお爺様《じい》に挨拶《あいさつ》しに来たんだよ。プライベートなのに困っちゃうよね。九石くんちは最近飛行機でどこに美味《おい》しいものを食べに行ったの？　そのとき誰か有名人が会いに来た？」

などと感じ悪くマウントを取ろうとしても、先週傑が訪日中の合衆国《がっしゅうこく》大統領と会食したことや、碧がロイヤルバレエ団の百年にひとりと名高いプリンシパルを家に招いたことなどは、薫にとって珍しいことではないのでいちいち触れず、

「ううん、僕はあんまり外に食べに行かないんだ。毎日料理長がすごく美味しいものを作ってくれるから、うちのごはんが一番好きだし」

とおっとりとにこやかに答え、素で悪意を無力化させる術《すべ》を心得ていた。

マウントとは逆にすりよろうとする子が、

「九石くん、パパの知り合いのハーバード大の教授がマイケル・ジャクソン宇宙人説を立証《りっしょう》するためにマイケルのクローンを作ってて、来週末に見せてくれるんだけど、特別に九石くんも一緒に連れてってあげるよ」

などと言ってきても、

「親切にありがとう、でも週末は柔道の稽古があるからごめんね」

と笑顔で躱《かわ》し、クラスの誰とも敵対せず、誰とでも穏やかに接していた。

一年生から六年間同じクラスだったので、匠馬はいつも薫の隣をキープし、マウントを取ろうとする奴らや苛《いじ》めようとする奴らに睨《にら》みをきかせ、好意的に寄ってくる子には一応露骨《ろこつ》に邪魔はせず見守るようにしたが、薫は匠馬以外に特別仲良しの相手を作ろうとはしなかった。

授業で二人組にならなければいけないときに、「九石くん、一緒に組もうよ」とほかの誰かに誘われても、「ごめんね、僕匠馬くんと組みたいから」と邪気ない笑顔で断るのが常で、内心フフンとドヤ顔せずにはいられなかった。

薫は匠馬の両親が九石家に勤めていることを誰にも話さなかったが、どこからか漏れるらしく、六年生のとき、薫の親友ポジションを狙うセレブチームに絡《から》まれたことがあった。

「藤平の親って、九石くんちの使用人なんだってな。なんで使用人の分際でいけしゃあしゃあと親友面《づら》してるんだよ」

「そうだよ、厚かましいんだよ。おまえなんか、ちょっと顔がよくて、背も高くて、頭もいいし、柔道も強いけど、リコーダーは下手だし、お茶飲むとき小指立っちゃうオカマじゃん！」

放課後の掃除の時間、薫とは別の班で理科室の掃除をしているとき、匠馬に反感を持つセレブ数名に囲まれて因縁《いんねん》をつけられたが、本物の誘拐監禁という修羅場《しゅらば》をくぐった身にはその程度のディスりは屁《へ》でもなかった。

匠馬は顔色も変えず、

「たしかに俺の親は使用人だけど、それがなんだよ。おまえらに関係ないだろ。薫の親友になりたいなら、本人に頼めよ。俺が止めてるわけじゃないし。それに俺がリコーダー下手でおまえらになんか迷惑かけたかよ。指立ってるくらいでオカマって言ってディスってる気になってるほうがアホだろ」

と醒《さ》めた視線で睥睨《へいげい》しながら吐き捨てる。

「使用人」と薫本人に言われるならまだしも、そいつらの使用人でもないのに蔑《さげす》まれる謂《いわ》れはないし、単にセレブの家に生まれただけで人を見下す権利があると勘違いしているボンボン共に屈《くっ》する気なんて微塵《みじん》もなかった。

父も母も職場が一般企業じゃないだけで、自分の仕事に誇りを持って働いているし、貧乏なわけでもないし、小指の怪我は自分にとっては勲章《くんしょう》だった。

もっと低学年の頃にも小指のことをいじられて「オカマ」や「オネエ」と言われたとき、なんのことかよくわからず、なんとなく両親には訊きづらくて、こっそり蒼馬に電話して訊いてみたことがある。

蒼馬は経緯《けいい》を聞いて、

「そっか。あのな、そういうバカなことというクソガキなんかに相手にすることないからな。世の中には男でも女の恰好をする人とか、いろんな人がいるんだ。いちいち論《あげつら》って悪口言う方がバカだから、もし次言われたら、『悔しかったら俺より綺麗なオカマになってみろよ』とか言って煙《けむ》に巻いてやれ。まともに取りあう必要ないし、おまえの小指は親友を守るために折れた名誉の負傷だから、小指を見るたび勲章だと誇《ほこ》っていい。俺もいつもそう思ってるよ」

と言ってくれたので、雑魚《ざこ》に悪口を言われてもなんの痛痒《つうよう》も感じなかった。

もしセレブチームが数を恃《たの》んで暴力に訴えてきても、口が達者なだけの温室育ちには負けない自信があったので、堂々と対峙《たいじ》していると、すぐに凹んで泣くとでも思っていたのかセレブチームが悔しげに喚《わめ》いた。

「だから、使用人の分際でそういう生意気な口きく権利ないって言ってるんだよ！」

「そうだぞ、それにおまえのリコーダー聞くと、俺たちの耳がやられて充分迷惑だよ！」

「さっさと『無意識に小指を立てちゃうオカマですいません、九石くんの親友はやめます』って言えよ！」

などとヒステリックに攻撃されていたとき、

「匠馬くんっ……！」

と薫が理科室に駆けこんできた。

音楽室の掃除の帰りに廊下までいじめっ子たちの声が聞こえたらしく、

「いま、匠馬くんの小指のこと言った……？」

と薫が匠馬を庇《かば》うように間に入って震える声で詰問《きつもん》した。

いつもほんわかした薫が珍しく色をなして訊ねたので、セレブチームがうろたえ気味に、

「……だって、ほんとに変じゃん、藤平の小指って」

「そうだよ、左手でチョキするとマコトちゃんのグワシみたいになっちゃうしさ。古いマンガだけど、ググればグワシ出てくるから見てみなよ」

「グワシは知らないけど、使用人なんて九石くんの親友にふさわしくないってみんな言ってるよ」

と口々に薫に訴えた。

その途端、日頃平和主義の薫の輪郭《りんかく》からめらりと炎のような怒気の気配が立ちのぼり、初めて聞くような大声で薫が叫んだ。

「僕の親友は僕が決めるし、君たちのアドバイスは求めてないから！　匠馬くんは誰の使用人でもないし、僕の対等な親友だよ！　小指だって匠馬くんはなにも悪くないのに、僕のせいで後遺症が残っちゃって、一生かけて償《つぐな》う気でいるんだ！　二度と匠馬くんをバカにするようなことを言ったら、僕が許さないから……！」

十二年のつきあいで、薫が怒るところを見たのは初めてで、薫でも怒るのかと驚いたし、その理由が自分のためだと思うと胸が熱くなった。

「対等な親友」という言葉も、自分でもそう思ってはいたが、出自の格差のこともあり、すこしだけ上下はあるかも、と思っていたから、薫の口から「対等」だと言われて嬉しかった。

ただ、小指について長い間薫が話題に触れてくることはなかったから、もう気にしていないのかと思っていたが、もしかしたらあえて触れなかっただけで、ずっと心の中では自分のせいだと負い目に感じて気に病《や》んできたのかも、とその言葉で気づいた。

「九石くん、ごめん、そんなに怒るとは思わなくて……」

薫の剣幕にセレブチームがおどおど謝ると、

「僕じゃなくて、匠馬くんに謝って」

と真顔で言い、ぼそぼそ嫌そうに「藤平、ごめん……」とセレブチームが匠馬に詫びると、

「匠馬くん、行こう」

と薫は匠馬の左腕を両腕で抱えるようにして歩きだした。

いつもほんわか目尻が下がった印象の瞳をキッと吊りあげてぐいぐい歩を進める薫に引っ張られながら理科室を後にする。

子供の頃から何度も手を繋《つな》いだり、柔道の稽古で密着することもあるが、こんな風に腕を組むのは初めてで、ひそかにドキドキした。

すこし自分の目線より下にあるつやつやした髪を横目で見おろしながら、

「……あの、ありがと、あいつらにいろいろ言って庇ってくれて。……まあ、俺ひとりでも全然大丈夫だったけど」

となんとなく素直に礼を言うのも照れくさくて、ぼそりと憎まれ口を添える。

ずっと自分より小さくて弱くて守ってあげなきゃいけない頼りない存在だと思っていた薫に、今回は立場が逆転して自分が守られてしまい、いつのまにか薫も強くしっかりした少年になっていることに改めて気づかされる。

元々同い年なのに、周りから自分のほうがしっかり者扱いをされてきたので、いつまでもそのつもりでいたが、こうして薫もちゃんと成長しているし、もうすぐ中学生になるから、いつも自分がべったりそばにいて守る必要はないのかもしれない、とふと思った。

昇降口に着くと、薫が足を止め、憂《うれ》う瞳で見上げてきた。

「……あの、匠馬くん、もしかしたら、前にも僕のいないところで、さっきみたいな失礼なこと、言われたことあるの……？」

ほとんどいつも一緒にいるが、トイレや係の仕事が違ったりして片時も離れないわけではないので、そういうときにさっきみたいなことを言われることはあったが、わざわざ薫には伝えていなかった。

「……まあ、うん」

ないよ、と言ってもすぐバレそうだったので、すこし間をあけてから頷くと、薫は思い詰めたような表情で言葉を継いだ。

「……僕と一緒にいると、生馬さんと聡美《さとみ》さんがうちで働いてくれてることで、匠馬くんがまた嫌なこと言われちゃうかもしれないよね……」

「えっ……」

なんとなく自分の望まぬ方向へ話が進みそうで内心焦《あせ》る。

きっと薫は匠馬が親の仕事のことで人に見下されたりするのが心苦しくて、距離を取ればと考えたんだろうと思った。

「九石家の使用人」と余計な嫌味を言われずに済むのでは、と考えたんだろうと思った。

気遣いはありがたいが、意地の悪いセレブの言うことなんかいちいち気に留めてないし、そんなことで薫の親友ポジションから外されるのは嫌だった。

「あんなのほっとけばいいよ。九石家で働いてるって、すごく貴重な職場に勤めてるって親たちも思ってるし、俺も恥ずかしいなんて思ってないから、関係ない奴らになに言われても平気だよ。……それに俺、傑さんと碧さんに幼稚園のときから『いつも薫のそばについて守ってやってくれ』って固く頼まれてるし、俺の義務みたいなものだから、約束破るわけにはいかないしさ」

拘束力の高い理由を持ち出して親友ポジを死守しようとしたとき、薫の瞳が一瞬揺らいだような気がした。

理科室からずっと腕を組んだままだったことにいま気づいたのか、薫はパッと腕を離し、

「……ごめんね、うちのお父様たち、過保護すぎて、匠馬くんに迷惑かけて……」

とすこししょげたような声で詫びられた。

「え、全然迷惑じゃないし。まあ過保護はほんとだけど、めっちゃ愛されて大事にされてるっ

てことだから、別にいいじゃん」

　本当に迷惑なんて一度も思ったことはないし、同じ階級の生まれでもないのに、たまたま親が九石家に縁があり、同い年に生まれたおかげで薫と親しくさせてもらえてラッキーだったとしか思っていない。

　下駄箱に上履《うわば》きをしまいながら、

「あとさ薫、さっき俺の小指のこと償う気だとか言ってたけど、俺ほんとにこれっぽっちも薫のせいなんて思ってないし、責任取ってほしいなんて思ってないから、償いなんていらないよ。こんなしょぼい後遺症に一生かけて償うなんて重すぎるし、さっさと忘れていいからさ」

　ともう気に病んでほしくなくて本心から告げる。

　誘拐事件から今日まで、もし薫が後遺症の残る小指を見るたびに監禁されたトラウマを思い出したり、自分のせいだと罪悪感を募《つの》らせていたとしたら、四歳のときにビビらず手術やリハビリを受けて、もうすこし元に戻す努力をすべきだったと思うが、今更遅い。

　でも治らなくてもこの小指は勲章で、雑魚に毒を吐かれてもダメージは受けないので、薫にも余計な心の負担をなくしてほしくて「忘れてほしい」と伝えると、薫はなにか言いたげな瞳で匠馬を見つめ、

「……わかった……。そうするよ」

　と伏し目がちに頷いた。

そのときの会話に特にまずいことがあったとは思えないし、自分の真意をわかってくれたと思ったのに、それ以来薫は匠馬と距離を置くようになってしまったのだった。

中学はエスカレーター式に煌星《こうせい》大学付属中学校へ進んだが、匠馬《しょうま》は入学前にまた傑《すぐる》と碧《みどり》に呼び出された。

毎度の過保護なミニSPの依頼だろうと思っていたら、そのときは風向きが違った。

「匠馬くん、実は薫《かおる》のほうから、もう中学は匠馬くんと同じ学校じゃなくていいと言われてね。いつも匠馬くんにマンツーマンでついてもらっていると、匠馬くんにほかにお友達ができないし、クラブ活動も君の好きなことができないだろうから、もういつも薫のそばで守るように君に頼まないでほしいと言われたんだよ」

「え……」

思わぬ言葉に驚いて匠馬は唖然とする。

距離を置いたりする必要はないと言ったはずなのにどうして、と内心慌てふためいていると、匠馬の顔色を見てフォローするように傑が続けた。

「匠馬くんを嫌いになったわけじゃなく、匠馬くんの自由意思に反してSP役を強要するのが申し訳ないと思っているらしいんだ。もう中学生だし、ひとりで大丈夫だと言うんだけれど、やっぱり君が薫のそばにいて目を光らせておいてくれないと私たちのほうが心配で落ち着かなくてね」

そう言われ、よかった、いままでどおりでいいんだ、と安堵したとき、

「ただ薫の気持ちも無下《むげ》にできないから、いままでのようにぴったりそばにいて見守ってくれなくていいから、すこし遠くから薫のことを気にかけてもらえないかな。部活も同じじゃなくていいし、ほかにもお友達を作って、外部入学の子から見たら、『え、ほんとに幼馴染だったの？』と思うくらいの距離感を保ちながら、目の端で薫が誰かに苛《いじ》められたりしてないか動向を窺ってもらえないだろうか」

と細かい注文を受けた。

内心「そんな遠隔《えんかく》ポジションじゃなく、俺の自由意思で薫の隣にいたいんですけど」と言いたかったが、もし傑たちの要望以上のことを申し出て、使える幼馴染だと見込んでいたのに意外にストーカー気質だった、と遠ざけられては困るので、渋々「わかりました」と返事をした。

きっと薫は匠馬がセレブチームに絡まれている現場を見てしまったことで、気にするなと言っても気にして、もう匠馬が心ない言葉で傷つけられるのを避けたいと思って、優しさから距離を置こうとしているんだ、と自分に言い聞かせてなんとか納得した。

中学の校舎は家から歩いて二十分の場所にあり、前から自分は本物のセレブの子弟じゃない

のに薫のお抱え運転手の送迎車に同乗《どうじょう》するのは気が引けていたので、これを機にひとりで徒歩通学を始めた。

部活は柔道部に入部し、薫はほかにも習い事が増えていたので帰宅部を選んだ。

その頃はもう蒼馬《そうま》は警察官として働いており、毎週末の出張柔道教室はなくなり、たまに休みがあえば不定期に稽古《けいこ》をつけに来てくれる程度だったので、部活で鍛錬《たんれん》を積もうと思った。

クラスは薫と同じだったが、教室では他人行儀に振る舞い、実際には傑たちに言われたとおり、いつも薫の様子を目の隅に捉えて意識していた。

入学してすぐ、担任の先生が「口で自己紹介するのが苦手な子もいるから、この自己紹介シートを家で書いてきてくれるかな。全員の分を印刷して配るから、好きなものとか推《お》しとか、共通の話題を見つけて仲良くなるきっかけにしてください」と二十項目ほど記入欄《らん》のあるシートを配った。

クラスの半数が外部入学の新メンバーだったので、早く友達になれるようにという担任の配慮で、匠馬も「好きな食べ物：チョコレートと梨（幸水《こうすい》）」などと真面目に記入した。

「将来なりたいもの」という欄には、まだ先のことだと真剣に考えたことがなく、手が止まった。

漠然《ばくぜん》と浮かんだビジョンは、将来なにか薫の役に立つ技術を身につけて雇《やと》ってもらえば、今後もずっと一緒にいられるかも、ということだった。

九石《さざらし》家の使用人は縁故《えんこ》採用が多いので、父のようにシェフでもいいし、運転手でも樹木医《じゅもくい》でも建物管理でも資産運用の投資コンサルタントでも、なんでもいいから採用してもらえそうな資格を取るという方向に進路を決め、シートには「具体的な職種は未定だが、人の役に立つ仕事」と個人名をぼかして記入した。

とりあえずいまは柔道を極めて、将来『ミニ』のつかない本物のSPとして採用してもらえるチャンスを逃さないように技を磨《みが》こうと思った。

全員分のシートが冊子になって戻ってきたあと薫のページを見てみると、「苦手なもの」の欄に「暗い閉鎖空間《へいさ》」と書いてあり、やっぱりまだトラウマが残ってるんだな、と哀れを催《もよお》した。

ただ、「大切なもの」という欄には「親友」と書いてくれ、やっぱり距離を取るのは自分を大切に思ってくれてるからなんだ、と改めて安堵した。

部活のない薫とは帰宅時間がずれるので、家に帰ってからも会う機会が減った。

柔道部の練習を終えて九石家の通用門から自宅に戻るとき、お邸《やしき》のほうからかすかに習い事のハープやフルートやピアノの音色が風に乗って聞こえてくることがあった。

小学生までは放課後気軽に薫の部屋まで遊びに行けたが、いまはなんとなく意味もなく行くのはためらわれた。教室で会っているのにメールするのも変なような気がしてできなかったので、薫の奏《かな》でる音色が聞こえたときはすぐに家には向かわず、しばし立ち止まって耳を澄ませてから戻った。

教室でも家でも以前と距離感が変わってしまったが、蒼馬が訪ねてきたときは薫も毎回藤平《ふじひら》家にやってきて、蒼馬の手土産のおやつを一緒に食べながら、職場での面白い出来事を聞いたり、庭で柔道の指導を一緒に受けたりした。

そのときだけは昔どおり誰にもなんの遠慮もなく薫と親友らしく過ごせたので、もっと頻繁《ひんぱん》に蒼馬が来てくれたらいいのに、と思っていた。

ただひとつ、庭のマットで薫に柔道の足技や寝技をかけるとき、なぜか妙な動悸《どうき》や緊張を覚えるようになり、蒼馬や部活の先輩を相手にするよりやりづらい気がした。

もっと子供の頃は普通に組めたので、たぶん中学に入ってにょきにょき背が伸びた匠馬に比べて薫はちまちましか伸びずに体格差がついたから、うっかり薫に怪我をさせたらいけないと緊張してドキドキするのかもしれない、と分析した。


中二の冬、その動悸の本当の理由が発覚する出来事が起きた。

ある日学校から帰ると、早めに来ていたらしい蒼馬と薫が一緒に敷地内の木立《こだち》を歩いているのが遠目に見えた。

薫は最近祖父からドローンをプレゼントされ、うまく操作できるように熱心に練習していると母経由で聞いていたが、そのときも手にコントローラーを持ち、ふたりのすぐ前の地面から三十センチくらいの位置にドローンを飛ばし、歩く速度に合わせて一緒に水平に進ませていた。ペットのように連れたドローンの風圧で下の落ち葉が左右に吹き飛び、掃《は》き掃除をしたように小さな道を作っており、できたての散歩道をふたりで話しながら歩いていた。

薫が蒼馬を見上げて恥ずかしそうになにかを言うと、ドローンの音で声が聞き取りにくかったのか、蒼馬が長身を屈《かが》めて小柄な薫の口元に耳を寄せる。うんうんと頷きながらにこやかに返事をすると、薫がポッと頬を赤らめ、手元が狂ったのか、ビューンとドローンが上空に急上昇し、薫が大慌てで操作し直し、蒼馬が大笑いする。その様子を遠くから見ていたら、なんだか近づいて声をかけてはいけないような気持ちになった。

いつも三人で会っていたから、ふたりだけでいるところを見たのは初めてだったが、まるでタイトルをつけたら『キャッキャウフフ』になりそうな光景に見えた。

ふとそのとき、薫が以前自己紹介シートに書いた「好きなタイプ：強くて優しい人」という文言《もんごん》が脳裏《のうり》に浮かび、匠馬はハッとする。

いや待て、なんでいまこのタイミングでそんなことを思い出すんだ俺は、と慌てて己につっこむ。

その回答を見たとき、きっと薫は自分がテストステロン値の低そうなぽやっとしたタイプだから、キリッと凛々《りり》しくて内面は優しい女子が好きなんだろうと思った。

あれは理想の女子のことを指しているはずだし、いくら蒼馬兄ちゃんにも当てはまる形容だからって、変な邪推《じゃすい》をするのは早計《そうけい》だ。

でも、薫の周りにいる「強くて優しい人」と言ったら、蒼馬兄ちゃんが一番しっくりくるような気がする。ＳＰたちのほうがもっと強いだろうけど、小さな頃から親密に可愛がってくれたのは兄ちゃんのほうだし、薫はいつのまにか蒼馬兄ちゃんに恋愛的な意味の好意を抱いていたのかもしれない……。

そう思った途端、胸の中で凶暴なハリネズミが大暴れしているような痛みを覚えて匠馬は眉を顰《ひそ》める。

いや、そんなわけないし、きっと考え過ぎに決まってる。

薫は蒼馬兄ちゃんのことは、俺と同じように文字通り「兄貴分」として慕《した》っているだけだ。

そう全力で否定しながらも、母経由で聞くところでは、薫は蒼馬が来訪《らいほう》したと知るや、なにはさておき速攻で藤平家まで駆けつけるらしいし、前からの習慣だからとか、親友の俺にも会えるからという理由ではなく、片想いしている蒼馬兄ちゃんに会うためだけに毎回うちまで来ていたのかもしれない、と初めて思い至り、匠馬はぎゅっと通学バッグを握り直し、そのまま踵《きびす》を返して家に戻った。

なんで俺がこんなに動揺しなきゃいけないんだよ、と自分でも不思議なくらい混乱していた。

ずっと男子校で、そういう恋愛があることは知っているし、個人の自由だと思っていたが、もし薫がそういう指向で、相手が蒼馬だというのが事実なら、絶対に反対しなければならないと思った。

いまは若干《じゃっかん》距離があるといっても自分はまだ薫の「親友ポジ」にいるはずだし、親友なら間違った選択に目を覚ませと諭《さと》す権利がある、と己の正当性を担保する。

でも、本物の親友なら、薫が誰を好きでも応援するのが筋《すじ》なのに、なんで俺はそうできないんだろう、と自分の気持ちを見失う。

以前は薫の「対等な親友」という立場はこれ以上ない最高のポジションに思えたのに、「好きな人」という言葉の前には急に価値が色褪《いろあ》せたように思えた。

ざわつく胸の理由を分析できないうちに、薫と蒼馬が連れだってやってきてしまい、内心の疑惑と困惑を押し隠してふたりを迎え入れる。

「今日のお土産はみたらし団子だよ。うちの庶民舌《しょみんじた》の甥《おい》っこはともかく、九石財閥の御曹司《おんぞうし》のお口に合いますかどうか」

「もう、蒼馬さんはすぐそういうこと言ってからかって。みたらし団子、僕大好きですよ」

「よかった。みたらしもだけど、俺の差し入れが薫くんのお初っていうこと、結構多かったよね。干し芋《いも》のときは、兄さんが夕張《ゆうばり》メロンをくり抜いてクリームとメロンと七色のスポンジを層にして中に詰めた映《ば》えケーキ作って待ってたのに、俺がたらふく干し芋食わせて満腹にしちゃってすげえ怒られたし」

「あはは、そうでしたね。でもちゃんとあとで虹のメロンケーキもいただきましたよ」

そんな他愛無《たわいな》いやりとりもいつものことだったが、疑惑に取りつかれた目には、「キャッキャウフフvol. 2」にしか見えず、なんで「薫くんのお初」なんて変な言い方をするんだ、それに薫が大好きなのはみたらし団子や干し芋じゃなく、それを買ってきた叔父なのでは、と焦《あせ》りと苛立ちが胸の中を駆け廻《めぐ》る。

いや、まだそういう雰囲気に見えるというだけで決定したわけじゃないし、と気を鎮《しず》めようとしたが、いつものように蒼馬が楽しい話をしてくれてもろくに耳に入らず、無表情に団子を齧《かじ》りながらふたりの様子を窺う。

疑念をもって凝視《ぎょうし》しているのが気になるのか、薫は時折チラッとこちらに目をやり、目が合うと挙動不審な目の泳がせ方で逸《そ》らしてしまい、蒼馬のことは全幅《ぜんぷく》の信頼や安心感の浮かぶ瞳で熱心に見つめながら相槌《あいづち》を打っていた。

……やっぱり、俺がいままで気づかなかっただけで、本当に薫は蒼馬兄ちゃんが好きなのかも、と疑惑が確信の領域に近づき、さっき見たドローンで落ち葉を掃きながら歩くふたりの姿が、バージンロードをドレスとタキシードで歩く姿に脳内変換されてしまう。

いや違う、なにバカな妄想してるんだ、と自分を背負い投げしたくなっていると、薫がそろそろフランス語の先生が来る時間だから、と名残惜《なごりお》しそうに自宅に戻っていった。

蒼馬とふたりになり、さっき薫となにを話していたのか、もしかして恋の告白でもされたのか、薫の片想いか、蒼馬も憎からず思っているのか、まさかすでに隠れ交際中だったりすることはないのかなど、聞きたいことが渦《うず》を巻き、どれから切り出したらいいか考えていたとき、

「なあ匠馬、おまえ、好きな子とかっているの？」

と逆に蒼馬から問われた。

俺のことよりそっちの話が知りたいんだよ、と思いながら、

「……そんなこと、個人情報なので言いたくありません」

とぶっきらぼうに答える。

いままで好きな人がいるかなんて訊かれたことがなかったし、やっぱり薫となにかあったから話題にしてきたのかも、とまた疑惑が濃くなる。

「なんだよ、そんなもったいつけて機密扱いしないで、さくっと叔父さんに教えてくれたっていいじゃんか。匠馬ももう十四歳だし、好きな子のひとりやふたりいてもおかしくない年頃だろ？」

気安く肩に肘《ひじ》を乗せてチャラい口調で言われ、匠馬はじろりと横目で一瞥《いちべつ》し、

「ふたりもいたらマズいだろ。それに小学校からずっと男ばっかの学校に行ってて、どこで好きな子なんか見つけるんだよ」

と尖《とが》った声で答える。

「ふうん。てことは、いまのところ匠馬はフリーなのか。匠馬は俺に似てイケメンだから、男子校でもモテてるかと思ったのに。匠馬には男子と恋愛するっていう選択肢はないの？」

「……え」

いままで性的指向の話についても蒼馬としたことがないが、いまの言い方だと、蒼馬には男子と恋愛する選択肢があるように聞こえて内心焦る。

「……ないよ、俺は。だってそんなのおかしいじゃん。蒼馬兄ちゃんは、同性を好きになったりできる人なわけ……？」

ただ一般論で話しただけだと否定してほしくて上目遣いで確認すると、

「んー、もし超性格悪い女子と、波長《はちょう》が合って魅力的な男子に同時に告られたら、女子は選ばないかもしれないなぁ。ま、相手によると思うけど」

とまたあやしげな見解《けんかい》を表明され、それは可愛くて品のいい薫みたいな男子ならＯＫするということでは、と内心引きつる。

もし薫と蒼馬が恋愛的に惹《ひ》かれあっているとしても、まだつきあったりする前なら、自分が強く反対すれば考え直してくれるかも、と必死の思いで匠馬は言った。

「男が男を好きになるなんて俺には考えられない。普通じゃないし、世間的にも変な目で見られるし、とにかくいけないことだと思う」

世の赤の他人のゲイカップルにはなんら口出しする気はないし、偏見《へんけん》もないが、薫と蒼馬がカップルになることだけは許せない。

きつい口調と視線で断罪すると、蒼馬はまだ追いつけない高い位置から匠馬を見おろし、軽く肩を竦《すく》めて苦笑した。

「そっか。匠馬は若いのに結構保守的なんだな。でもさ、恋って相手の魂みたいな部分に惹かれるわけで、性別はそこまで問題じゃないと思うけど。本気で好きになった相手が同性だとして、『普通じゃないから』とか『みんなと違うから』なんて理由で諦めるのはもったいないよ。振られたら諦めてもいいけど、『普通』とか『常識』とかって、単に今の時代はそういう風潮《ふうちょう》で数が多いってだけで、絶対的な真実とは限らないし」

おまえの小指だって、『普通』かって言われたら普通じゃないけど、だからって『ダメ』じゃないだろ、と付け足され、匠馬は反論できずに口を噤《つぐ》む。

いちいちごもっともで、普段なら全面的に同意してさすが蒼馬兄ちゃんと心酔できたに違いないが、いまだけは素直に頷けなかった。

意固地な顔を崩さない匠馬を見おろし、蒼馬は片手を首筋に当てて「んー、結構難しいな」と小声で独りごち、語調を変えて言った。

「ええと、さっきさ、おまえが帰ってくる前に来ちゃったから、薫くんとしゃべってたんだけど、ちょっと大人な相談されたんだ。ずっと四歳くらいのちんまいイメージのままだったから、いつのまにか成長してんだなぁってしみじみしちゃった。久々に近くでよく見たら、顔も結構大人っぽくなってて、あの子いつもにこにこしてるけど、真顔になるとやっぱ碧さん似の美人顔だなと思って。おまえは毎日見てるから、とっくに気づいてると思うけど」

「……」

大人な相談って薫はなにを言ったんだよ、それに間近で真顔をじっくり見るようなことをしたのか、ともやついて、実際には蒼馬が強すぎてできないので脳内で腕ひしぎ十字固めをかましながら、

「……そうかな。薫って造作《ぞうさく》の良さがぽやっとした表情で相殺《そうさい》される残念なタイプだし、うちのクラスには真中旬《まなかしゅん》っていう超絶美形がいるから、それを見慣れた目からすれば薫は普通だよ」

とにべもない口調で答える。

本当は薫の顔は真中旬よりずっと可愛いと思っているが、いま敵に同意するわけにはいかない。

なぜ大好きな叔父を「敵」呼ばわりしているのか自分でも疑問だったが、とにかく怪しいことばかり言う蒼馬に、もう直接はっきり聞くしかない、と匠馬は意を決する。

「蒼馬兄ちゃん、正直に答えて。もしかして、薫に好きって言われたとか、つきあったりしてるのか……？」

自分の声も顔もおかしいくらい強張《こわば》っているのがわかったが、なんとか問いただす。

蒼馬は目を丸くして、

「え、俺が？　いやまさか、俺じゃないよ。そんなわけないだろ。いくつ年離れてると思ってるんだよ。薫くんから見たら俺なんか超おじさんだろうが」

と慌てふためきながらも、あながち嘘でもなさそうな様子で否定された。

その返答を聞き、思わずその場にしゃがみこみたいくらいホッとした。

もしふたりが相思相愛のカップルだったら、自分はどうあがいてもこの顔も中身もかっこいい叔父には勝てないし、略奪するのは無理だから、とそこまで考え、匠馬は（え……？）と我に返る。

なぜ自分が蒼馬をライバル視して争う気でいるのか、思考回路がおかしい気がして、しばし黙考《もっこう》する。

……まさか俺は、ふたりが実際にカップルだったら、蒼馬兄ちゃんを蹴落《けお》として薫を手に入れたいほど、恋愛的に薫を好きなんだろうか……。

薫のことは赤ん坊の頃から一緒に過ごしてきた幼馴染で、親友で、守ってあげたい相手で、もちろんずっと昔から好きだったが、その『好き』がそんな熱い『好き』に変わっていたなんて、思ってなかった。

そう気づいてみると、思い当たることは山ほどあった。

ミニSPとして、薫にマウントを取る奴を威嚇《いかく》するだけでなく、好意的に寄ってくる子にもうっすら視線で威嚇してきたし、薫以外の友達は正直いなくてもよかった。将来は薫の使用人になりたいと自《みずか》ら望むほどの執着を、無理矢理「親友」や「幼馴染」の枠《わく》にねじこんでいただけで、きっとずっと前から自分は薫に特別な気持ちを抱いていたんだ、とやっと自覚する。

ただ、蒼馬兄ちゃんのほうは薫を恋愛対象には見ていないとしても、薫のほうはまだ疑わしい気がした。

はっきり本人に「蒼馬兄ちゃんのことが好きなのか」と確かめたい気持ちと、もし「うん」と認められてしまったら失恋してしまう、と怯《ひる》む気持ちの間で葛藤《かっとう》して身動きできずにいるうち、蒼馬に異動の辞令が下り、遠方に転勤することになった。

会えるのは長期休暇で実家に帰省するついでにちょっと顔を出してくれるくらいで、滅多《めった》に会えなくなった。

純粋に淋しい気持ちもあったが、もし薫が蒼馬に片想いしているなら、会う回数が減れば徐々に気持ちが冷めるかも、と腹黒い期待も否《いな》めなかった。

ただ蒼馬がいなくなったことで、薫も藤平家に来ることがなくなり、教室で目が合っても、以前はうっすら微笑してアイコンタクトもしてくれたのに、いまはほとんど目が合わず、どうしてかあまりこちらを見てくれなくなった。

もう周りも小学生ではないので「九石くんちの使用人」と面と向かってバカにしてくる輩《やから》もいなかったし、別にそう言われたって「ええ、親だけじゃなく俺もそうなる気ですが、なにか」

と言い返す気満々だから、離れる必要なんかないのに、と悶々《もんもん》としていた中三の秋、匠馬の失恋が確定する一幕があった。

中学最後の文化祭で、匠馬たちのクラスはマイケル・ジャクソンにこだわりの強いクラスメイトの堅田《かただ》の企画で、「スリラーカフェ」というゾンビメイクでドリンクを出す模擬店《もぎてん》をやった。

ドリンクは一種類だけで、血を模《も》したグレナデンシロップのソーダ割に、白い小さなマシュマロをくり抜いて黒いタピオカを詰めた目玉を浮かべたものを一杯注文すると、スリラーダンスのショーが見られるというコンセプトで、匠馬は父親がシェフだというだけでドリンク係に任命された。

シェフのDNAがなくてもできる簡単なレシピだったし、キモいメイクをしなくて済むからまあいいか、と思っていたら、薫は人数合わせでゾンビダンサーに選ばれた。

これは交代してやらないと傑さんたちが嘆《なげ》くかも、と慌てたが、薫自身は鷹揚《おうよう》に受け入れており、練習が始まると、バレエレッスンで培《つちか》った美しい所作でゾンビダンスを完コピし、「九石くんて地味になんでも一流にこなすよね」と感心されていた。

文化祭当日、薫は堅田から九石財閥《ざいばつ》の御曹司の顔に忖度《そんたく》なくゾンビメイクを施《ほどこ》されていたが、ショーの時間にこっそりドリンクスペースから覗き見したら、ボロボロの衣装とゾンビメイクでも薫はダントツに輝いていた。

薫がダンサーの担当時間を終え、メイクを落として校内のほかの催《もよお》し物を友人と周りはじめたとき、匠馬もドリンク係を交代し、遠隔ミニSPとしてこっそり後を尾《つ》けた。

自分がこんなことをしなくても、薫は物腰柔らかで、誰にでも親切で、誉めて伸ばす教育方針のおかげでマイナスな言葉をほとんど使わないので、クラスのみんなから好かれ、苛《いじ》めたりするような輩はいなかった。

だから別にここまでする必要はないが、これは傑たちから頼まれた義務だから、と言い訳し、九割自分の意思で薫を見守っていた。

薫の隣を歩く湯ノ上憩《ゆのうえけい》という大人しいセレブの背中を見ながら、あいつと代わりたいな、なに話してんのかな、と思いつつ、ほかの生徒や父兄《ふけい》に紛《まぎ》れてふたりを追う。

薫と湯ノ上が三年C組の『ウィッシュツリー』という展示部屋で足を止め、入口で葉の形の色紙《いろがみ》を受け取って中に入っていくのを廊下の壁際からチェックする。

その展示は教室の中央に張りぼての木を置き、カラフルなウィッシュリーフに願いごとを書いて木に貼り付け、後夜祭で燃やすといつか叶うという触れ込みで、そんな適当な霊験《れいげん》でも面白がって願い事を書く客で教室は賑《にぎ》わっており、こそっとドアから覗くと薫たちも窓際の机で願い事を書いていた。

しばし待ってから、薫たちが出て行くのを見届け、匠馬も中に滑《すべ》り込む。

色とりどりの葉を繋らせたツリーのそばに寄り、薫がなにを願ったのかを急いで探す。

もし薫の願い事が自分にも手助けできるようなことなら協力したいという善意によるものだから、これはストーカー行為じゃないと自分に言い聞かせ、入口で薫が受け取っていたラベンダー色の葉を探し、薫の筆跡《ひっせき》かどうか目を走らせる。

低い位置の枝にひっそり隠すように貼られた一葉《いちよう》に薫の字を見つけ、あった!と内心ガッツポーズで願い事を読み、匠馬はサッと表情を曇《くも》らせた。

『どうかS・Fさんに振りむいてもらえますように』

整った字で葉の中央に小さく書かれた願いを一読し、誰を指しているのかすぐにわかった。

自分も同じイニシャルだが、薫が「さん」付けで呼ぶのは蒼馬なので、「S・Fさん」と書いてあれば「藤平《ふじひら》蒼馬」以外ありえない。

……やっぱりそうだったんだ。薫は蒼馬兄ちゃんのことが好きで、離れてもずっと想ってるんだ……。

そう確信したとき、胸の中のハリネズミは大暴れせず、死んだように蹲《うずくま》って動かなかった。

ただズシンと異様な重みで蹲り、胸に深々針が突き刺さったような気がした。

胸が痛すぎて、どうしてだよ、どこがいいんだよ、三十近いおっさんじゃんか、とガクガク肩を揺すって問い質《ただ》したかったが、蒼馬の良さは自分でもよくわかっており、薫の中で憧《あこが》れから恋に変わったとしても無理からぬ気がした。

唯一の救いは薫の完全な片想いで、たぶん蒼馬は告白されても受け入れないだろうということだった。

薫の性格からも、こんな子供だましの展示に願《がん》をかけるのが関の山で、はっきり打ち明けたりはしないような気がした。

文化祭が終わってから、目敏《めざと》い誰かが薫のウィッシュリーフを盗み読んで、「九石くんには好きな人がいる」としばし話題になった。

薫の私生活が豪邸にほぼひきこもりで華々しい社交生活とは無縁だと知らないクラスメイトたちが、きっと九石財閥の御曹司のお相手は政財界の重鎮《じゅうちん》の令嬢や芸能界の「S・F」ではないか、とあれこれ噂した。

薫は笑顔でノーコメントだったが、そりゃあ答えられないよな、と虚《うつ》ろな気持ちで思った。

友達から思い出したように「そういやおまえもS・Fじゃん」とからかわれたが、「ただイニシャルが同じなだけだよ」と内心胸を痛めながら無愛想に答えることしかできなかった。

高校進学前、もうこんな気持ちで薫のミニSP役を続けるのは辛いし、今度傑《すぐる》と碧《みどり》に頼まれたら断って別の公立へ行こうと決意した。

が、

「匠馬《しょうま》くん、実は薫《かおる》がね、高校ではまた匠馬くんと前のように親友づきあいがしたいと言っているんだが、そうしてやってもらえないかな」

と決意のぐらつく申し出をされた。

「離れて見守ってくれとかまたそばについていてやってくれとか、振りまわして本当に恐縮なんだけれど、高校生ともなると上級生には成人男性と大差ない体格の男子もいるだろう。そこへゾンビメイクをしてさえ可愛い薫を放り込むのは心配でね。身代金じゃなく猥褻《わいせつ》目的で誘拐監禁されるかもしれないし、誘拐まではしなくても校内で襲われる可能性もある。だから君には薫が体育倉庫や屋上階段の踊り場、ひと気《け》のない視聴覚準備室など怪しげな場所に呼び出されて無体をされたりしないように、くれぐれもそばで見張っててほしいんだ」

そんなことを言われたら、自分も無性に心配になってしまい、「いえ、俺公立へ行くんで」とは言えなくなった。

また元のように一番近くにいられるなら、恋の意味で好きになってもらえなくても、「親友ポジ」で満足することにしよう、と自分に言い聞かせ、匠馬は煌星《こうせい》大学付属高校に薫と一緒に進学した。

高校ではもう他人行儀に振る舞う必要はなく、薫も「僕たちずっと前からの幼馴染《おさななじみ》で親友なんだ」と外部入学のクラスメイトに自分から話したりしていたので、匠馬は恋心を秘めたまま、薫の望む「幼馴染で親友」を無難《ぶなん》に演じ続けた。

高校でも匠馬は柔道部に入り、薫は試合のたびに「親友の活躍を見たいから」と応援に来てくれた。

県大会の試合後、以前交流試合をしたときに挨拶《あいさつ》をした程度の他校の女子マネから、

「藤平《ふじひら》くん、これよかったら使ってください」

と可愛くラッピングしたスポーツタオルと手紙を渡された。

片想いの相手がいるので断ろうかと思ったが、押し付けるように渡されて走っていってしまったし、ずっと男子校でまともに女子にモテたのは初めてだったので、先輩たちからヒューヒュー言われて若干《じゃっかん》悪くない気分でいたとき、

「匠馬くん……！」

と背後で薫の声がした。

只ごとではない響きがあったので、また誘拐魔かとバッと振り返る。

薫は柔道部への差し入れの氷入りのスポーツドリンクの紙コップを大量に乗せたトレイをSPの西久保《にしくぼ》に運ばせて、自分でもふたつカップを持っていたが、手が滑《すべ》ったのか両手から取り落とし、両足の膝下《ひざした》と革靴を見事に濡らしていた。

大きなトレイを持っているSPより早く薫の元に駆けつけて足元に屈《かが》み、

「なにやってんだよ、こんな零《こぼ》して。コケちゃったのか?」

と部活用のバッグからタオルを取ろうとして、自分の汗まみれの使用済みタオルで薫のスラックスを拭《ふ》くのはためらわれ、一瞬迷ってからプレゼントのタオルを取り出して薫の足を拭《ぬぐ》う。

「……ご、ごめんね、女の子からのプレゼントなのに……」

恐縮そうに小声で詫《わ》びられ、見てたのか、とすこしきまりわるくて「いいよ、別に」と素《そ》っ気《け》なく言う。

そういえば、四つのときもこんな風に薫の足を拭いてやったことあったな、とふと思い出しながら靴まで拭うと、

「……匠馬くん、ありがとう。それ汚しちゃったから、うちで洗ってから返すね。本当にごめんね」

と薫が頭を下げて律儀《りちぎ》に手を差し出してきた。

「わざわざいいって。胴着《どうぎ》と一緒にまとめて洗うし」

とバッグにしまおうとした途端、

「いや、これは僕が！」

と早技で薫がタオルを奪い、「必ず洗って返すね」と持ち帰ったが、後日汚れが落ちなかったからとそれとは違う新品のタオルを返された。

その大会からすぐのお盆休みに、帰省した蒼馬が藤平家に顔を出すと、薫はまた速攻でやってきた。

匠馬がお茶を淹《い》れに立ったり、トイレに行ったりして席を外すたび、ひそひそとふたりで耳打ちし、戻ってくるとサッと離れるようなことを繰り返しており、疎外感《そがいかん》とともに、やっぱり薫はまだ蒼馬兄ちゃんを諦めてないんだな、と失望感を覚えた。

そしてその年のバレンタインの夜、薫との関係に決定的に亀裂《きれつ》が入る出来事が起きた。

バレンタイン当日の朝、

「今日匠馬はいくつチョコもらえるかな～、楽しみだね～」

と両親が妙ににやにやしながら言った。

同じクラスの堂上《どうがみ》というバスケ部のイケメンが中学のときからモテまくりで、毎年他校の女子から大量にチョコをもらってみんなに配ってくれるので、たぶんひとつは確実で、あとは両親からの計二個というのが妥当《だとう》な線だった。

夏の大会でタオルと手紙をくれた女子には、変に期待させてもいけないので、あっさり残暑見舞いのハガキでタオルの御礼をしただけだし、たぶんいつも以上の個数ではないだろうと思っていたら、

「匠馬くん、今日、家に帰ったあとで渡したいものがあるから、今夜七時くらいに、メリーゴーランドのところに来てくれない……?」

と学校で薫に言われた。

誕生日はお互い十二月一日と二日なのでとっくに過ぎているし、今日なにかを渡すと言ったらバレンタインのチョコしか思い浮かばなかった。

ただ、薫の本命は蒼馬だから、自分にくれるとしたら親友への友チョコかもしれない。でもただの友チョコなら堂上みたいに学校でひょいと渡してくれればいいのに、わざわざ家に帰って場所と時間指定までするなんて、どういう意図なんだろう、と謎が深まる。

全然バレンタインと関係ないことかもしれないから、あまり深読みはしないでおこう、と心しながらも、学校にいる間中気になってそわそわして仕方なかった。

部の練習を終えて帰宅したあと、なんとなく汗臭いままじゃないほうがいいような気がして速攻でシャワーを浴び、私服に着替えてお邸《やしき》の裏の木立のそばにあるメリーゴーランドに向か

う。

子供の頃は昼間によく一緒に乗せてもらったが、最近はこっちのほうまで来ることもなかったし、夜に来るのも初めてだった。

鈴蘭灯《すずらんとう》の外灯が人感センサーで匠馬が通るたびにパッパッと点《とも》っていき、それだけでも綺麗だったが、視界に入ったメリーゴーランドは元々アンティーク調のデコラティブな造りだったが、さらに宝石のようなイルミネーションでライトアップされ、息を飲む美しさだった。

まばゆい光に溶け込むように白いダッフルコートを着て立っている薫は、手に紺色の紙袋を二つ提《さ》げ、やや緊張した面持《おもも》ちで匠馬を待っていた。

馬車や木馬を乗せた円盤《えんばん》と屋根を支える柱の上部の天使の笛から電子音の『星に願いを』が流れており、なんでこんな『夜の遊園地デートの待ち合わせ』みたいなシチュを俺相手にするんだよ、と戸惑う気持ちと、もしかしたら友チョコじゃない可能性もあるんだろうか、というわずかな期待に心を揺らす。

「……夜にここ来たの初めてだけど、電気点《つ》くとめちゃくちゃ綺麗なんだな」

すぐ本題を促《うなが》すのもためらわれ、グレーのショートダウンのポケットに両手を入れたままメリーゴーランドに目をやる。

五十頭の白馬の中に一頭一角獣《いっかくじゅう》が混じっており、子供の頃は薫と一角獣に二人乗りするのが好きだったことを思い出していると、

「……あの、匠馬くん、来てくれてありがとう。ごめんね、寒いのに夜に呼び出して」

と薫が小さな声で言った。

いや、平気だけど、と答えると、薫は唇を湿らせてから言葉を継いだ。

「あのね、僕、昨日生馬《いくま》さんに手伝ってもらって、チョコレートを作ったんだ」

それで朝から父親がにやにやしてたのかと納得していると、

「匠馬くんが好きかなと思って、チョコトリュフの中に梨のコンポートを入れてみたんだ。口に合うといいんだけど」

とおずおずと片方の紙袋を差し出される。いまは梨の季節じゃないし、どっかから法外な値段の梨を取り寄せたのかもしれないけど、これはただの「友チョコ」にしては気合いが入ってるんじゃないだろうか、でも薫はセレブだから親友への友チョコも凝《こ》るのかもしれない、とぐるぐる考えるのに忙しくてすぐに受け取れずにいると、

「……あ、ええと、蒼馬さんの分も一緒に作ったんだ。蒼馬さんの分の中身は日本酒のガナッシュにしてみた」

と薫がもう片方の袋をすこし掲《かか》げて付け足した。

「……」

……ああ、そうか。なんだ、俺だけじゃなくて、ちゃんと蒼馬兄ちゃんの好きなものを入れた本命チョコも作ってて、俺の分はその余りか、と舞い上がっていた気持ちが急降下し、また

胸の中に重たいハリネズミが出現する。

日本酒と梨という中身の差も、自分はひどくおこさまで、大人なライバルには太刀打《たちう》ちできないという気持ちにさせられる。

よく父が総菜《そうざい》を冷凍して一人暮らしの蒼馬に送ることを薫も知っているから、本命チョコも一緒に送ってほしいと頼むために呼ばれたのかも。

それなら別にこんな思わせぶりな場所じゃなくてもよかったのに、と小石を蹴《け》りたい気分になる。

「わかった。兄ちゃんの分も送っとく。俺の分も作ってくれてありがと。チョコ大好きだから、嬉しいよ」

たとえ兄ちゃんのついでても、と付け足すのはみじめなのでぐっと堪《こら》え、差し出された自分の分を受け取ったあと、蒼馬の分も受け取ろうと手を伸ばすと、

「あ、これはフェイ…じゃなくて、蒼馬さんの分は僕から送るから、気にしないで」

と背中に隠すようにされ、じゃあなんでいま持ってきたんだよ、大事な兄ちゃんの分は惣菜と一緒の小包じゃなく、特別なラッピングで贈りたいのかな、とまた気持ちが沈む。

学校でもずっとそわそわして、わざわざ綺麗めのジーンズなんか穿《は》いてきてバカみたいだった、と内心自嘲《じちょう》しながら、

「じゃあ、もう用は済んだみたいだから」

これありがと、と紙袋を軽く掲げ、そのまま家に帰ろうとしたとき、

「待って、匠馬くん！」

と呼びとめられた。

え、と振り返ると、薫がひどく緊張した表情で、何度か言いあぐねてから口を開いた。

「……あの、僕、好きな人がいるんだ」

「……」

知ってるよ、と心の中で返事をする。

でもなぜそれをわざわざ引き止めてまで自分に聞かせるのかわからず、もしかしたら協力してくれと頼みたくて、チョコはその礼のつもりだったのかも、と思い当たって匠馬は唇を噛む。

薫は必死な表情で言葉を継いだ。

「子供の頃からずっと好きな初恋の人で、すごく強くて優しくて、かっこよくて頼りになる人で、でも男同士に嫌悪感があるみたいで、告白しても無駄かなって諦めてたんだ」

そう聞いて、あれ、と内心首を捻《ひね》る。

蒼馬兄ちゃんが初恋の人だというのは改めて聞きたくない情報だったが、別に兄ちゃんは男同士に嫌悪感なんかないし、人柄がよければ男子も可って言ってるよ、と誤解を解いてやるのがフェアなのに、訂正してやれなかった。

薫は匠馬の目をじっと見ながら続けた。

「好きだなんて言わなければ、きっとずっと大事にしてくれると思うんだけど、相手は女の子にもモテるから、このまま気持ちを隠してたら、そのうち誰かとくっついちゃうと思って、だったら一か八か告白しようかと思って、それで」

まだ途中だった薫の言葉を遮《さえぎ》るように匠馬は言った。

「やめたほうがいいよ。振られるだけだから。薫の好きな人、俺知ってるけど、薫が告白しても、百パー受け入れたりしないって断言できるから」

なんとか蒼馬への告白を阻止《そし》したくて、殊更断定的に言い切る。

「えっ……」

薫はサッと青ざめ、震える声で言った。

「……知ってるって、もしかして、蒼馬さんからなにか聞いたの……？」

「……や、聞いてないけど、なんとなく見てたらわかるし。……『S・Fさん』だろ」

蒼馬兄ちゃんだろ、と名前を口にするのが悔しくて、イニシャルトークで伝える。

薫がもし本命チョコを携《たずさ》えて蒼馬に本気の告白をしたら、十四歳のときなら「まさか」と拒否されただろうが、十六歳のいまなら、もしかしたら受け入れられてしまうかもしれない。

絶対に薫に告白をさせてはならない、となんとか妨害《ぼうがい》しようと匠馬は言葉を重ねた。

「可哀相だけど、打ち明けずに諦めたほうがいいよ。相手は薫のこと、すごく好きだけど、恋の好きじゃない。そもそも男だし、庶民の馬の骨だよ。薫には釣り合わない相手だし、好きになるだけ無駄だよ」

もし薫が告白すれば成就《じょうじゅ》の可能性があるかもしれないと思うと、なんとしても握り潰さなければ、と言葉を尽くして諦めるよう誘導する。

「男同士なんておかしいし、きっと思春期の気の迷いだよ。薫は九石財閥《さざらしざいばつ》の一粒種なんだし、いつかは碧さんみたいな名家のご令嬢と結婚しなきゃいけないんだから、男の初恋相手なんて、早く忘れたほうがいいよ」

女性と結婚されても辛いが、それは薫の立場上仕方ないことだと割り切らなければならないし、自分以外の男と結ばれるよりは令嬢と結婚してくれたほうがまだ諦めもつく。

恋の芽を潰《つぶ》そうと躍起《やっき》になって説得すると、薫は顔色を紙のように白くして唇をわななかせ、じわりと瞳を潤《うる》ませた。

「……わかった。それが匠馬くんの正直な気持ちなんだね」

ぽたっと零《こぼ》れた薫の涙を見て罪悪感でいっぱいになる。「いや、『百パー無理』はだいぶ盛った」と言い訳しようかとも思ったが、どうしても自分の叔父とは成就して欲しくなくて言えなかった。

翌日薫は学校を休み、母経由で日本酒のチョコの食べ過ぎで二日酔いになったせいだと聞いたが、蒼馬へ本命チョコを渡すのをやめて自分で食べたのかも、と申し訳なくもすこし安堵した。

薫がくれた梨のコンポート入りトリュフはめちゃくちゃ美味《おい》しくて、こんな手の込んだ友チョコは初めてだと噛みしめながら大事に食べ、一応友チョコのお返しにホワイトデーにクッキーを渡した。

その後薫がバレンタインに友チョコをくれることはなく、初恋を妨害し、性的指向についても狭量《きょうりょう》なことを言った幼馴染に幻滅《げんめつ》したのか、卒業までぎこちない態度を取られた。

そうされても仕方ないことをした自覚はあるので甘んじて受け入れたが、誰にでも笑顔で人当たりのいい薫が自分の前では笑みを消すのを見ると、胸が塞《ふさ》いだ。

大学も一応同じ煌星大学に進学したが、もう大学では本物のSPだけでいいと傑たちから言われ、薫は文学部に、匠馬は法学部に進み、つきあう友人も別になり、ほとんど接点がなくなった。

同じ敷地に住んでいるので顔を合わせることもあり、挨拶《あいさつ》や一言二言話はするが、心に壁を作られたままなのはひしひしと感じられた。

本当は薫が蒼馬のことを思い切れたら告白したいと思っていたが、あの一件で嫌われたことは確実だったし、「男同士なんておかしい」と初恋を引き裂いた同じ口で自分を選んでほしいとは言えなかった。

一応大学に通いながら通信教育や専門学校も掛け持ちして取れる限りの資格は片っ端から取得したが、薫との仲がこじれたまま九石家に就職したいとは言いだせず、薫の使用人になる計画は無に帰《き》した。

このまま薫とはなんの関係もない仕事に就《つ》くしかないいんだろうな、と消沈《しょうちん》し、改めて今後の自分の身の振り方について再考した。

このさき薫の恋人になれる可能性は万にひとつもなく、親友としても心を開いてもらえず、使用人としてそばにいることも叶わないなら、いっそ二度と会わないほうがマシかもしれないと思った。

幸い行政書士や柔道整復《せいふく》師、介護士に紅茶鑑定《かんてい》士など腐るほど資格は取ったし、ここにいても薫と心が通う日は二度と来ず、どこかの令嬢と結婚する姿を見るくらいなら、もう完全に視界に入らない場所へ行こうと決意して、大学卒業後は宮古島《みやこじま》に移住することにした。

薫から限りなく遠い場所で、綺麗な海と子供たちに囲まれて、柔道を教える仕事をしていたら、失意や傷心《しょうしん》もいずれ癒《い》えるかもしれないと期待して柔道教室に職を得た。

両親には職場もアパートも全部決めてから伝えたので驚かれたが、縁もゆかりもない土地でひとりで親に頼らずやってみたい、とそれらしいことを並べると、「わかったわ。きっと仕事も向いてそうだし、匠馬がそっちに住めば、時々お母さんたちも泊まりに行けるし、別荘みたいなものよね」と多少心配そうにしつつも了承してくれた。

出発前日に九石邸にも挨拶に行き、九石夫妻にこれまでの礼を言い、餞別《せんべつ》にブラックカードをくれようとするのを丁重に辞退し、薫にも最後の挨拶に行った。

もう親の葬式くらいしか帰らないつもりだったので、お別れになにか薫にプレゼントをしたいと思った。が、相手は金で買えないものはない九石財閥の御曹司なので、バイト代を注《つ》ぎ込んだところで一流品を見慣れた薫のお眼鏡に適うとも思えず、心ばかりの消え物にした。

本物のギリシア彫刻がごろごろ飾られている長い廊下を通り、薫の部屋に近づくと、ピアノの音色が聞こえてきた。

透き通るような「カヴァティーナ」の調べに耳を澄ませ、ドアの横の壁に寄りかかって目を閉じて曲に浸《ひた》る。

小さな薫が初めて鍵盤《けんばん》を叩いた拙《つたな》い音から聴いてきた耳には、あまりに流麗な音色に時の流れを感じて胸が締め付けられる。

あの頃は、薫と一生一緒にいられると無邪気に信じていたのに、こんな形で袂《たもと》を分かつことになるなんて、愁《うれ》いを帯びた調べとあいまって、泣けてきそうだった。

ずっと昔、親から『薫坊ちゃまと一緒にいたいなら、絶対に傷を負わせたらダメ、二度と会えなくなっちゃうから』と戒《いまし》められたが、夜のメリーゴーランドで薫の心をひどい言葉で傷つけたせいで、そのとおりになってしまった。

もしあの日、あんなことさえ言わなければ、少なくとも「親友」としての信頼は失わずに済んだかもしれないのに、と何度も繰り返した後悔の念で胸を疼《うず》かせる。

でもあのときは子供すぎて、あれ以外できなかった、と唇を噛みしめ、曲が終わるのを待ってからドアをノックした。

「薫、俺だけど」

しばしの間があってから、薫がドアを開けた。

「……珍しいね。匠馬くんがここまで来てくれるの」

薫の表情は固く、声にも緊張を孕《はら》んだよそよそしさが感じられた。

もし自分に蒼馬兄ちゃんくらいの度量や包容力があれば、薫は兄ちゃんに向けてたような全幅の信頼感や安心感を浮かべた瞳で俺を見てくれたのかな、と淋しく思う。

「入る?」と以前には一度も聞かれたことがない確認の言葉を吐かれ、扉と同じように薫の心もほとんど閉ざされてしまったんだと痛感して、匠馬は小さく首を振り、その場に立ったまま言った。

「うちの母親から聞いてるかと思うけど、俺、明日発《た》つんだ。朝一の便だから、最後に挨拶しとこうと思って」

なにをするのも一緒だった子供の頃の薫なら、こんなことを言えばきっとすぐに瞳を潤ませてはらはら涙を零してくれたに違いないが、いまはなんの感情も浮かばない表情で、

「……そう」

とひとこと言っただけだった。

もう俺のことなんかどこに行こうとどうでもいい相手になっちゃったんだな、と胸を抉《えぐ》られながら、手元の紙袋を差し出す。

「ええと、薫とは二十二年間ずっと……後半はちょっとそうでもなかったけど、長い間親しくしてもらったから、御礼にこれ、気持ちだけなんだけど」

二十二年分のつきあいの礼にしてはしょぼすぎるが、おにぎりを用意した。

「どういうチョイスだよって思われるかもしれないけど、ずっと前におにぎり食べたことないって言ってただろ。あれからだいぶ経《た》ってるし、とっくにうちの親父に頼んで作ってもらったかもしれないけど、御曹司用に伊勢海老《いせえび》の天むすみたいなゴージャスおにぎりだったかもしれないから、そういうのじゃなくて、薫が『美味しそうだから僕も食べてみたい』って言ってたうちの味のおにぎり作ってきたんだ」

自分も一度くらい、蒼馬みたいに薫にお初の味というものを食べてもらいたくて、藤平家の焼きたらこおにぎりとわかめごはんおにぎりを握って包んできた。

薫はしばらく無言で紙袋を見つめ、

「……匠馬くん、なんでこういうことするの……？　あのとき、あんなにはっきり言ったくせに……！」

と咎《とが》める視線を向けられ、「え?」と匠馬は戸惑う。

「あのとき」というのはバレンタインの夜のことだと思うが、初恋の妨害をしたことと、おにぎりをプレゼントしようとしたことがどう繋がって非難されているのかよくわからなかった。

九石財閥の御曹司に手製のおにぎり二個なんかしょぼすぎて侮辱に値《あたい》すると憤慨《ふんがい》しているのかもしれないが、ここはあの日の失態についてちゃんと謝るチャンスだと思い、匠馬は言った。

「……薫、あのときのことは、俺が全面的に間違ってた。傷つけてごめんな、今更だけど」

「え……?」

はじかれたように薫が顔を上げる。

匠馬はずっと引きずっているわだかまりをなんとかしたい一心で、言葉を継いだ。

「あんな風に言うべきじゃなかったのに、薫の初恋だって聞いて、あのときは俺もガキだったから、つい絶対だめだと思っちゃって……、せめて薫とはずっと親友でいたかったのに、俺が余計なこと言ったせいで親友ですらいられなくなって、後悔してる」

蒼馬はいまは女性と結婚しており、もしあの頃に薫が告白しても断る可能性もあったんだから、あの場であそこまで完膚《かんぷ》なきまでに邪魔しなければ、ここまでこじれることもなかったのに、とずっと悔やんできた。

薫は息を詰めるようにして匠馬の言葉を聞いていたが、やがて落胆したようにはぁ、と息をついた。

「……ずっと親友、か……。そうだね、それでもいいよ。匠馬くんが昔みたいな関係に戻りたいなら、あの夜のやりとりは全部忘れて、普通の『親友』に戻っても」

そう言いながらも、薫の瞳には以前のような『匠馬くんがいい』と屈託《くったく》なく言ってくれた親密さや心安さは欠片《かけら》も浮かんでいなかった。

代わりに諦念《ていねん》やどこか捨《す》て鉢《ばち》な色合いも混じっているように感じられ、もう友人として見切りをつけられているのに、幼馴染のよしみでお情けでつきあってくれる気なのかも、とみじめな気持ちで首を振る。

「いいよ、もう俺は。とっくにお役御免《ごめん》だったたし。元々薫は同じ階級のセレブ同士でつきあうべきだったのに、俺がたまたま近くにいたから紛《まぎ》れこめただけだし……。別れ際にこんなおにぎり持ってくるような庶民《しょみん》じゃ、やっぱり九石財閥の御曹司の友人にふさわしくないよな」

小学生のときに人に言われて不当に感じた言葉を自《みずか》ら吐き、差し出したままだった紙袋を気まずく引っ込めようとしたとき、

「もらうよ！　せっかく作ってくれたんだし！」

とバッとすごい勢いで紙袋を奪われた。

薫は紙袋をぎゅっと胸に抱き、唇を噛みしめながらキッと匠馬を睨んだ。

「僕が九石の家に生まれたのは僕の与《あずか》り知らないことで、それで『セレブだから』とか言われても困るし、僕は匠馬くんを『庶民』とか『馬の骨』なんて一度も思ったことないよ！　そん

なこと気にしてるの、匠馬くんだけだし、『傷つけてごめん、全面的に間違ってた』ってぬか喜びさせといて、『ずっと親友でいたかった』とか『でももういい、ふさわしくない』とか、ほんとに匠馬くんといると僕の胸がぐちゃぐちゃになるから、こっちこそもういいよ！　さっさと宮古島でもどこでも行っちゃいなよ！　匠馬くんなんか大っきらいだ！」

そう叫んでバタン！と鼻先でドアを閉められ、しばし唖然とする。

なにがどう逆鱗《げきりん》に触れたのか、どこに地雷があったのか、なにに対して詫びたらいいのかわからず途方に暮れる。

ちゃんとあのときの失言を謝って、すこしでもわだかまりをなくしてから別れたかったのに、さらにわだかまりを巨大化させたうえ、『大っきらい』と言われてしまった。

……たぶん、薫はあのメリーゴーランドの夜からずっと俺のことを恨んでいて、俺がなにを言っても腹が立って、いつ爆発してもおかしくない状態だったのかもしれない、と重い溜息をつく。

どうあがいても修復は不可能に思えて、匠馬は伏し目がちにドアに片手を添えて言った。

「……薫、いろいろごめんな。たぶんもう会うこともないから、いつか、死ぬ前くらいには許してもらえたら嬉しい。……じゃあ、元気で」

聞いているかどうかわからないが、ドアに向かって声をかけ、最後の握手の代わりにドアをひと撫でしてから踵《きびす》を返す。

早くこの場から立ち去らないと、玄関に辿りつくまでに使用人たちに赤い目を見られてしまいそうだった。

足早に廊下を駆け抜けながら、一応おにぎりも投げ捨てられなかったし、最後に聴けたピアノが綺麗な曲だったたし、鷹揚な薫が怒ったのは人生できっと二回だけで、その両方に自分が絡《から》んでるから爪痕残せたたし、ほぼ否定語を使わない薫に「大っきらい」と言わしめたのは俺くらいだから、薫の罵倒語《ばとうご》のお初をゲットできてよかったと思おう、と必死にポジティブな側面を数え上げる。

無理にでもそう考えないと胸が痛くてとても立ち直れそうになかった。

「顕昌《けんしょう》せんせー、匠馬《しょうま》せんせー、さよーならー」

「はい、さようなら。気をつけて帰るんだよ」

はーいと道場から出て行く子供たちを見送り、同僚の与那覇《よなは》と道場の掃除や後片付けをしてから戸締まりをして別れる。

こちらに来て三ヵ月が経《た》ち、ぼちぼち新しい環境にも馴染《なじ》んできた。

両親が冷凍した総菜《そうざい》を「またか」という頻度《ひんど》で送ってくれるので助かるし、職場の人たちも親切で、島言葉のイントネーションも耳に優しくて心が和《なご》む。

それでもアパートに帰る道すがら、女子高生二人組とすれ違い、ふと「カオルはさ〜」という名前が耳に飛び込んできた途端ピクッと反応してしまう。

よくある名前だし、一生耳にしないわけにはいかないんだから、いちいち思い出して落ち込んでどうする、と己を叱咤《しった》する。

ただ名前以外にも、小さな頃から長い時間共に過ごしてきた薫《かおる》との思い出は膨大《ぼうだい》すぎて、なにを見ても「これ、薫が好きだったな」とか「昔こんな服着てたな」などといちいち思い出してしまうし、行きつけの定食屋でよく流れている古い昭和歌謡の歌詞に「未練」とか「忘れられない」とか「恋しい」などと出てくるたびに喪失感《そうしつかん》に胸が疼《うず》く。

前浜《まいばま》という美しすぎる海の近くに部屋を借りたので、淋しさに打ちのめされそうな日は、海まで行って、浜に座って何時間も海を見ながら胸の中のハリネズミと一緒に黄昏《たそがれ》ている。

女子高生たちの声が遠ざかり、はぁと虚《うつ》ろな溜息をついたとき、スマホに着信があった。

どうせ親か学生時代の友人だろうとなんの気なしに表示に目をやり、匠馬はハッと目を剝《む》いた。

もう二度と来るはずがないと思っていた薫からのメッセージで、突然どうしたんだろう、と喜びよりも不安が胸をよぎる。

またも「大っきらいだ！」という最後の声が脳裏《のうり》に谺《こだま》し、もう絶縁までされているのに、さ

らに悪い内容だったらどうしよう、と葛藤《かっとう》し、だいぶ時間を費やしてから覚悟を決めて薄目で

メッセージを開く。

『匠馬くん、お元気ですか？　先日は無作法な真似をして失礼しました。暇なので動画配信を始めることにしました。よかったら見てください』

用件のみの文面にユーチューブのURLが添えられていた。

「……動画……？」

もう一度しっかり目を開けて読み返し、一応「無作法な真似をした」と謝ってくれてるから、「大っきらい」は取り消すという意味かもしれないし、あっさりしたメールでも薫からコンタクトをとってきてくれたということ自体、歩み寄ってくれてるから、完全に絶縁されたわけじゃないのかも、とかすかな希望が湧く。

添付のURLに飛んでみると、『九石薫《さざらし》の気ままな日常』というタイトルの動画チャンネルが現れ、すでに短い動画がいくつかリストに並んでいた。

「……あいつ、こんなことしてセキュリティ的に大丈夫なのかな」

誘拐監禁の巻き添えを食らった身として、九石家の御曹司《おんぞうし》のプライベートを公《おおやけ》に晒《さら》したりして平気なのか案じつつ初回分を見てみると、お邸《やしき》の前庭の噴水のそばのガーデンテーブルに花やアフタヌーンティーセットを美しくあしらい、ドレスアップした薫が優雅に紅茶の香りを嗅《か》いでからカメラ目線でにこやかに言った。

『初めまして、九石薫と申します。これから僕の飾らない日常生活を公開させていただこうと思っております。まずは簡単なプロフィールを申しますと、十二月二日生まれの二十二歳、煌《こう》星《せい》大学文学部卒、身長百六十六・四センチ、この四ミリは大事なので四捨五入しないでお伝えいたします。特技もたくさんありますのでおいおいご披露《ひろう》いたしますね。職業についてですが、実は僕は幼少期に犯罪に巻き込まれたことがあり、両親は僕が生きているだけで奇跡と思ってくれ、もし就職してパワハラモラハラを受けて自死《じし》を選んだりしては取り返しがつかないと案じて、一生働かなくていいと言ってくれまして、現在は高等遊民《こうとうゆうみん》をしております。こんな僕の日常にご興味がおありでしたら、しばしおつきあいください』

まったく嘘偽《いつわ》りのない事実だが、まだ再生回数は少ないのにコメント欄《らん》に書き込みが多く、『このおぼっちゃまくん、本物か？』『冗談にしか見えない』『セットじゃなさそうだし、本物の超セレブでは』『可愛いは正義』などあれこれ書かれており、どちらかというとイロモノ扱いされていた。

ほかの動画も見てみると、敷地内の広大なゴルフコースでプレイしながらオペラのアリアを歌ったり、『これは父が毎年作ってくれる僕の彫像《ちょうぞう》です。鑿《のみ》とトンカチで大理石を削《けず》って作ってくれます』と薫の赤ちゃん時代から現在までの二十二体の等身大の彫像コレクションと同じポーズをして並んでみたり、ピアノとバイオリンとフルートとハープの『パッヘルベルのカノン』を四人の薫が同時に合奏しているように見える編集動画や、ハイジみたいなブランコに揺られながら、フランス語で『星の王子様』を朗読《ろうどく》する回など、習い事の賜物《たまもの》の玄人《くろうと》はだしの腕前を無駄にトンチキな演出で披露する微妙な動画のオンパレードだった。

「……なにがしたいんだ、あいつ」

やや困惑しつつ、一応全部に「いいね！」する。

もし薫の歩み寄りの理由が自分の動画の登録者数を増やしたいだけだとしても、連絡をくれたことが嬉しくて、

『薫、メッセージくれてありがとう。動画見たけど、元気そうでよかった。相変わらず多芸ですごいな。せっかくだからチャンネル登録させてもらった』

と喜びがダダ漏れないように普通を装《よそお》って返信した。

島に移住した目的が薫を視界に入れないためだったのに、早くも三ヵ月で目的を見失いながら翌日配信された新作を見ると、

『今日から婚活を始めることにいたしましたので、その模様をドキュメンタリーでご覧くださ い』

と画面の中で薫がにこやかに言った。

「は？　婚活？」と思わず叫んでしまう。

なんでいきなり婚活なんか……そりゃ、したっていいけど、まだ二十二で結婚なんて早すぎるし、なんでそんなプライベートなことをわざわざ配信なんかするんだよ。

そんなもん見たくない奴だっているのに、おもに俺だけど、と激しくもやつきながら一応続きを見る。

九石邸の宮殿のような内装のゲスト用ダイニングルームで、薫は婚活相手と思《おぼ》しき女性と向かいあって席に着き、微笑して言った。

『初めまして、仮名としてM子さんと呼ばせていただきますね。このやりとりを配信しても構わないと言ってくださり、ありがとうございます。本日はお互いに結婚になにを求めているかなど、お食事をしながら忌憚《きたん》なく語り合えたらと思っております。どうぞよろしくお願いいたします』

『こちらこそ、本日は薫さんにお目にかかれるのを心より楽しみにして参りました』

相手は豪奢《ごうしゃ》な赤い振袖《ふりそで》姿の女性で、顔が特定できないように首から下だけが映り、声もヘリウムボイスに加工されていた。

ふたりは優雅に食前酒のグラスを掲《かか》げて乾杯し、上品にコースディナーを食べながら会話を交わす。

『M子さんは僕の容姿について、なにかご不満な点はありませんか？　特に身長についてなど』

『いいえ、薫さんのお姿は国宝級の愛くるしさで、文句のつけようなんてございませんわ。こんなにいつまで見ていても身飽きないほど可愛らしい二十二歳の男性がこの世にいるのかと思うほどですわ。それにわたくしの身長が百五十六センチですから、並ぶと十センチ差でちょうどいい釣り合いかと』

どこぞのご令嬢なんだろうが、ヘリウムボイス加工なので上品にしゃべってもギャグにしか聞こえないし、薫を気に入ってぐいぐい結婚したがっているのがあからさますぎて気に入らない。

こんなウザそうな女やめとけよ、上品そうな肉食系だぞ、それに俺とおまえは十五センチ差でそっちのほうが絵になるぞ、とコメント欄に書きたいが、余計なことをしてせっかく歩み寄ってくれた薫を怒らせたくなくて、その動画に「いいね！」をつけないことでみみっちい腹いせをする。

翌日の配信はM子ではない別の女性が映り、

『本日の婚活相手は仮名I子さんです。初めまして、よろしくお願いいたします。I子さんは僕と結婚したら、どんな家庭を築きたいとお考えでしょうか？』

と九石邸の映《ば》える木立《こだち》を歩きながら、モネの絵から抜け出てきたような白い日傘に白いワンピース姿のI子とやらに問う。

『薫さんと笑いの絶えない楽しい家庭を作れたら嬉しゅうございます』

判で押したようなありきたりな回答にイラッとし、きっとそいつと結婚しても面白くもなんともない全然笑いのない結婚生活になるぞ、とアドバイスしてやりたいが、言えずにまた「いいね！」をせずに画面を閉じる。

その後もD子、O子、R子、I美など連日別の女性を相手に結婚をちらつかせてちやほやされている動画を立て続けに見させられ、一体どんだけとっかえひっかえする気なんだ、ともう黙っていられなくなる。

最新の配信を見た直後、匠馬は自分から薫に電話した。

『おはよう匠馬くん、どうしたの？』

久しぶりに聞いた生声に思わずキュンとしたが、なに普通におっとりした声出してんだ、あの意味不明の婚活動画はなんのつもりだと納得がいかず、つい低い声で難詰《なんきつ》してしまう。

「薫、おまえ、こないだからなにやってんだよ。本気で結婚したい相手を探してるなら、とっかえひっかえするんじゃなく、真面目にじっくりつきあえよ。毎日毎日ちょこっと会っちゃ、すぐ別の人なんて、相手にだって失礼だし、いくら声を加工して顔出ししてなくてもわかる人には誰だかわかっちゃうかもしれないだろ。こんな動画続けてたら、非モテの庶民《しょみん》を刺激してそのうち炎上するし、SPついてたって女から刺されるぞ。とにかくもう婚活の配信はすんな。つかもう婚活自体やめろ！」

最後は怒りにまかせて本音を叫んでしまい、匠馬はハッと口を噤《つぐ》む。

最後の私情以外間違ったことは言っていないと思うが、前回こじれたときと同じ轍《てつ》を踏み、薫の自由意思を無視して感情的に制止してしまい、またもや逆鱗《げきりん》に触れてしまったかも、と内心慌てる。

せっかく薫から友情再開の糸を投げてくれたのに、ブチッとちぎるような真似をしてしまった、と焦《あせ》って取り繕《つくろ》おうとしたとき、

『……どうして匠馬くんがそんなに怒るの？　前に『九石財閥《ざいばつ》の御曹司は碧《みどり》さんみたいな令嬢と結婚しなきゃいけない』って言ったから、そうしようとしてるのに、気に入らないの？　匠馬くんは僕が女性と結婚したほうがいいと思ってるんじゃなかった？』

と薫が過去の自分の言葉を逆手《さかて》に取るように畳《たた》みかけてくる。

「……」

昔心にもなく言った言葉が、いまこんな風にはね返ってくることになるとは、と匠馬は唇を嚙む。

こうなったら、もうへたに訂正したり取り繕うのはやめて、自分の本当の気持ちを伝えよう、と覚悟を決める。

匠馬はスマホを握り直し、勇気を振り絞《しぼ》って言った。

「……薫、俺はたしかに前にそう言ったけど、本心じゃなかった。ほんとはおまえに婚活も結婚もしてほしくない。俺がこっちに逃げてきたのはおまえの結婚を近くで見ていたくなかったからだ。……信じてもらえないかもしれないけど、俺、ほんとはおまえのことがずっと好きだった。たぶん、髭《ひげ》つきのおしゃぶりを咥《くわ》えてるおまえを見たときからずっと」

きっと八ヵ月の自分に聞けば「んにゅ」と同意するだろうし、いつから好きなのかきっかけ

がわからないくらい、最初から好きだったと思う。

薫はしばしの間のあと、急にしどろもどろな声で、

『……そ、それ、ほんと……？　でも、じゃあなんであのバレンタインの夜、『百％受け入れないから諦めろ』なんて言ったの……？』

とまたこじれる元凶になった出来事について言及《げんきゅう》してきた。

「……だから、あれは、おまえのこと好きだったから、おまえが蒼馬《そうま》兄ちゃんに告白するのを阻止《そし》したかったんだよ。兄ちゃんは男でも人によってはOKだって言ってたから、『百パー無理』は嘘だったんだけど、どうしても兄ちゃんのこと諦めて欲しくて……ごめん、兄ちゃんと結ばれる可能性をぶち壊して」

あのときの自分の真意を正直に打ち明けて詫《わ》びを入れ、裁定《さいてい》を待つ。

もしかして『じゃあ、もしあのとき邪魔されずに告白していたら、今頃蒼馬さんは結婚したりせず僕をパートナーにしてくれてたかもしれないじゃないか！』と激怒されるかも、と身構えていると、

『……えっと、ちょっと待って。頭を整理したいから、一旦切るね。あと三十分くらいしたら、LINEする』

と返事も待たずに一方的に通話を切られた。

「え……」

思わずスマホを見つめ、俺の告白はどうなったんだ、と宙ぶらりんにされて困惑する。

でも、ひとまず保留して考えてくれるみたいだし、即答で「ありえない」と却下されなかっただけよかったと思おう、とわずかな希望の芽を見いだす。

ただ三十分じっくり考えたあと、『やっぱりふざけんな！』と罵倒《ばとう》される恐れはあるかも、と怖《おそろ》しくなり、薫からの連絡を待つ間、海に避難して波音と潮風に癒《いや》しを求めに行く。

強い日射しの照りつける昼下がり、さらさらの白い砂浜に座り、対岸に見える来間島《くりまじま》に通じている長く海の上を走る来間大橋や様々に色味を変える珠玉《しゅぎょく》の蒼を眺めながら、あとで薫に蒼馬兄ちゃんとのことで責められてもひたすら謝って、なんとか俺の本気をもう一度伝えて、気持ちをわかってもらえる努力をしよう、そのうえで恋人も親友も無理だと言われたら、潔《いさぎよ》く島に骨を埋《うず》めよう、と肚《はら》を括《くく》る。

しばらくしてピコンとＬＩＮＥの通知がくる。

『匠馬くん、おまたせ。もう一度確認するけど、君は僕の初恋の人が蒼馬さんだと思ってるんだよね？』

と今更の確認をされ、

『うん』

と何度も強調されたくないんだが、と思いながら返信する。

『じゃああの日、メリーゴーランドで「僕の好きな人を知ってる」って言ったの、蒼馬さんのつもりで言ってたの？』

しつこいな、と思いながら、

『だからそうだよ。おまえ、文化祭のウィッシュツリーに「S・Fさん」って書いてただろ』

と当時のショックで打ちのめされた気持ちを思い出して口を歪《ゆが》めながら返信すると、

『それ、僕匠馬くんのこと書いたんだよ。……てことは、あのウィッシュツリー、ちゃんと御《ご》利益《りやく》あったんだね！　さっき僕のことずっと好きだったって言ってくれたよね。あれが幻聴じゃないなら、「どうか匠馬くんに振り向いてもらえますように」っていうお願い叶っちゃった！』

というハイテンションの返信が来て、「え、俺のこと……？」と合点《がてん》がいかずに眉を寄せる。

『ちょっと待て、なんで「S・Fさん」が俺なんだよ。おまえ、俺のこと「匠馬さん」なんて呼んだこと一度もないじゃんか』

素直に喜べずにそう返信すると、

『そうだけど、あのとき「S・Fくん」ってモロに書くと、もし学校の誰かに見られたら匠馬くんのことだってバレちゃうと思って、「さん」付けなら、女の人だって誤魔化《ごまか》せるかなと思ったんだよ』

と予想外の裏事情を聞かされる。

……そんな、まさか、嘘だろ、と焦りと動揺でごくっと唾《つば》を飲みながら、

『それ、ほんとのことなのか……？　でも、中学に入ってから、うちに遊びに来るのは蒼馬兄ちゃんが来る日だけだったたし、中二くらいから俺と目が合ってもすぐ逸《そ》らして、蒼馬兄ちゃんとはキャッキャウフフしてたじゃねえか』

とつい思春期の恨みを根に持って問いただすと、

『それは、中学生になったら匠馬くんが急に背とか伸びて、どんどんかっこよくなるから目が合うとドキドキして直視できなかっただけだし、蒼馬さんには「匠馬くんのことが好きだから、協力してもらえないか」っていろいろ相談してただけで、別にキャッキャウフフなんてしてないよ。そっちこそ、高校のとき、他校の女子からタオルとか手紙とかもらってデレデレしてたじゃないか』

と前半を読んで舞い上がったところに思わぬ反撃を食らう。

『いや、別にデレデレなんかしてなかっただろ。ちゃんと「好きな人がいるから」って断ろうとしたけど、無理矢理渡されちゃっただけだし、たしかおまえあのタオル持って帰ったまま返してくれなかったよな』

『そんなことよく覚えてるね。やっぱり嬉しくて大事に取っておきたかったんじゃないの？　おあいにくさま。あんなタオル速攻で捨てたからね。匠馬くんにタオルをあげていいのは僕だけなんだから』

「……マジかよ……」

驚くような独占欲剝き出しの返信に思わず目を瞬《しばたた》いて呟く。

あの夏の大会のときのことを思い浮かべ、自分が女子にタオルをもらった途端、背後で薫が飲み物を取り落としたのは、単に手が滑《すべ》ったとかコケたわけじゃなく、嫉妬やショックのせいだったのか、と真相がわかり、思わず口元がにやけてくる。

そうだったんだ、やっぱりほんとに薫は俺のこと、昔から好きでいてくれたのか、とやっと薫の言葉を信じてもいいような気がしてきた。

『おまえの言うことがほんとなら、めちゃくちゃ嬉しいけど、ほんとに蒼馬兄ちゃんのことは、ただの「兄貴分」だったのか？　だったら、バレンタインの日、なんで兄ちゃんの分までチョコ持ってきたんだよ。あれ見てやっぱ兄ちゃんが本命で、俺の分はついでなんだなって思っちゃったんだぞ』

半分以上薫が蒼馬ではなく自分を好きだったと信じる気持ちになっていたが、紛《まぎ》らわしいことをした理由を追及すると、

『だって、蒼馬さんに頼んで匠馬くんに好きな人がいるかとか、同性に好かれたらどう思うかとか探りを入れてもらったら、すごくホモフォビアっぽい感じだったって言われたから、匠馬くんの分だけチョコ持っていったら、「男同士で本命チョコとかキモい」って引かれちゃうかなと持って、フェイクで蒼馬さんの分も見せたほうが、安心して受け取ってくれるかもって思ったんだ』

……そうだったのか、そんなこととは夢にも思わなくて、勝手に兄ちゃんのついでかと僻《ひが》んで傷ついて、薫のことも傷つけて、十六の俺はなにをやってたんだ、と脳内で昔の自分に大外《おおそと》刈《が》りをかけながら、

『ごめん、薫。俺、別にホモフォビアじゃないけど、あのときは兄ちゃんと薫が怪しいって勘ぐってて、男同士なんて俺は断固反対って強く言えば、それ以上接近しないでくれるんじゃないかって短絡的に考えて、「ゲイなんて絶対おかしい」とか「普通じゃない」って心にもなく言い張っちゃったんだ』

と十六の自分になり代わって詫びを入れる。

『……そうだったんだ。そんなことわからないから、あの頃随分泣いたよ。特にあのバレンタインの日、匠馬くんが「チョコ大好きだから嬉しい」ってすんなりもらってくれたから、実は友チョコじゃなく本命チョコで、好きだって言おうとしたんだ。告白場所も僕がうちで一番好きな場所で、曲も思い出の「星に願いを」をかけて、ライトアップしたほうが綺麗だから夜に呼び出して、めちゃくちゃロマンチックなシチュエーションで告白すれば、もしかしたらいい返事をもらえるかもって必死に言いかけたら、「恋の意味で好きじゃない、好きになっても無駄だし、気の迷いだから早く忘れろ」ってドきっぱり振られて、チョコやけ食いしながら一晩中泣き明かして、目が腫《は》れちゃって学校休んだんだよ』

その返信を読み、申し訳なくて胸が痛んだ。

いま思い出してもあの夜のメリーゴーランドは最高に綺麗で、本当は両想いだったのに、どうしてあんな大惨事にしてしまったんだろう、とその後数年のすれ違いも込みで悔やまれた。

なんとか挽回《ばんかい》したくて、匠馬は必死に文字を打ち込む。

『薫、ほんとにごめん。俺の早とちりと思いこみのせいで、失恋したとしか思えないこと言って傷つけて。……さっきも言ったけど、俺はおまえのこと、子供の頃からずっと好きで、いまも好きだから、次のバレンタインにもう一度あの夜のやり直しをさせてくれないか？　その頃休み取ってそっちに行くから、夜のメリーゴーランドで、今度は俺が本命チョコを用意して、薫に告白するから。あの梨のチョコより美味《おい》しいチョコは作れないかもしれないけど』

そう送信したとき、背後で車の停まる音が聞こえた。

誰かが泳ぎに来たんだろうと思いながら、スマホの画面を見つめて薫の返信を待つ。

ふと画面を照らす日射しが随分翳《かげ》ってきたことに気づき、時計を見ると、薫とＬＩＮＥを始めて三時間も経っていた。

長文のやりとりをしてるうちにそんなに経ってたのか、とやや驚いていると、

「やり直しは大賛成だし、匠馬くんのチョコも楽しみだけど、そんな先まで待ちたくないな」

と背後で本人の声がした。

「え、薫……!?　なんで……？」

仰天《ぎょうてん》して振り返ると、本物の薫に背中に飛びつかれた。

「びっくりした？　急いで羽田《はねだ》から飛行機チャーターしたんだよ。お父様のジェットヘリだとすぐ飛び立てるけど、着くのに時間かかるから。機内からずっとＬＩＮＥしてたんだ」

「……え？　え……？」

まさかの展開に気が動転して砂浜に座ったまま腰を抜かしていると、薫はぎゅっと背中から回した腕でしがみつき、匠馬の左頬に自分の右頬をすり寄せてきた。

「『ずっと好きだった』みたいな大事なことは、電話やＬＩＮＥじゃなく、面と向かって言ってほしいから、来ちゃった。……ねえ匠馬くん、ほんとに僕のこと、ずっと昔から好きだったの……？　ほんとならもう一回いま聞かせて？」

「……」

俺がずっと好きだった薫は、もうちょっとおっとりしてて、こんなに想定外の登場で人を仰天させたりしない子なんだが、と思ったが、考えてみれば薫は小さな頃もたまにドカンとやらかすタイプだったし、寄せられた頬も、あの頃のように柔らかで滑《なめ》らかで、その感触にときめかずにいられなかった。

「……ほんとに好きだよ。子供の頃から薫以外目に入らなくて、薫しか好きになったことないよ」

そう正直に告げると、触れ合った頬が満足げに微笑《ほほえ》むのがわかった。

「……僕も大好き。匠馬くんがいない世界なんかありえないっていうくらい、子供の頃から大好きだよ。習い事も、全部匠馬くんに見てほしくて、『薫ちゃん、すごい』って言われたくてずっと頑張ってきたんだよ」

そうなのか、あの無駄にプロ級の芸事のモチベーションは俺に誉められたかったからなのか、と愛《いと》しさが募《つの》る。

「……誘拐されたときも、もし匠馬くんがいてくれなかったら、きっと恐怖でおかしくなってたかもしれないけど、ずっと励《はげ》ましてくれて、笑わせてくれて、なんて心が強い人なんだろうと思ったし、おしっこ漏らしちゃったのも隠してくれたし、『薫ちゃんがピアノ弾《ひ》けなくなるより、オレが怪我してよかった』なんて、優しすぎて感激して惚れ直したよ」

「……まあ、自分でも四歳児の頃は一番男気あった気はしてる」

照れてちゃらけた自画自賛をしつつ、本当に薫が自己紹介シートに書いた「好きなタイプ‥強くて優しい人」というのが自分のことだったんだ、とはっきりわかり、にやけが止まらなくなる。

薫はしがみついていた左手を外して匠馬の左手の小指に触れ、

「でも、ここに後遺症が残っちゃって、本当に申し訳ないと思ったけど、匠馬くんが理科室でいじめっ子に絡《から》まれたとき、『一生償《つぐな》う気だ』って言ったら、『一生なんて重いし、償わなくていい』って言われて、僕は一生そばにいたいのに、匠馬くんには重荷なのかなって思ったし、僕の両親から頼まれた義務で一緒にいるとも言われたから、仕方なく一緒にいてくれてるのかなって、ちょっと淋しかったんだよ」

と軽く小指をつねられ、匠馬は慌てて否定する。

「いや、それニュアンスが全然違うから。仕方なくなんて一度も思ったことないし、あのときは、薫が自分といると、また俺が苛《いじ》められるんじゃないかって心配して離れようとするから、そんなことしてほしくなくて、傑《すぐる》さんたちに頼まれてるからって言っちゃっただけだよ。本心からずっと一緒にいたかったし、中学のときも、高校で距離ができたあとも湯ノ上《ゆのうえ》が羨《うらや》ましくて、薫の隣は俺のポジションなのにってずっと思ってた。それに俺だって一生一緒にいたかったから、資格取りまくって、薫に雇《やと》ってもらう計画立ててたんだよ。『大っきらい』って言われて頓挫《とんざ》したけど」

「それは、僕は絶対こっぴどく振られたと思ってたし、大学でもいつも忙しそうにしてて声かけづらかったし、勝手に宮古島《みやこじま》に就職決めちゃったくせに、最後に思い出のおにぎりなんか握って『薫にうちの味を食べて欲しかった』なんて、どうして振った相手に心揺さぶるようなことするんだろうって恨めしかったんだ。『俺が全面的に間違ってた』って切り出すから、『実は好きだった』とか言ってくれるのかなって期待したら全然違うこと言うし、もう腹が立って、つい『大っきらい』って言っちゃったけど、本気じゃなかったんだよ」

お互いに最初にボタンを掛け違ってから、延々すれ違っていた気持ちを初めて明かしあい、誤解でもつれた巨大な毛糸玉をほどきあって本当の思いを知ったら、返す返すももったいないことをしたと臍《ほぞ》を噛みたくなる。

薫ははぁと大きな溜息をつき、

「……ほんとにずっと昔から両想いだったのに、どうしてこんなにうまくいかなかったんだろう。……全部匠馬くんが素直じゃなかったせいだよね。僕は割といつも正直に振る舞ってたし」

と全責任を押しつけようとした。

「いや、交通事故なら七対三くらいで俺が悪いと思うけど、薫だって蒼馬兄ちゃんに懐《なつ》きすぎで疑われてもおかしくない態度取ってたし、それに最近の婚活だってなんだよ。俺のことまだ好きなら、なんであんなに連日違う女と婚活なんかしてんだよ」

その件についてはこちらに訴追権《そついけん》がある、と横目で睨むと、薫はくすりと楽しそうに笑った。

「だって、あれ全部ヤラセだし。相手はお母様がひとりで毎回衣装替えて出演してくれたんだよ。仮名も『ＭＩＤＯＲＩ』の一字ずつ取って子や美をつけただけだから、『Ｄ子』さんや『Ｏ子』さんってどんな名前なんだって思わなかった？」

まさかのネタばらしを聞き、匠馬はあんぐりする。

「……嘘、あれ全部碧《みどり》さんなのか……？」

振袖着てる回もあったじゃねえか、でもたしかに言われてみれば薫を絶賛するコメントが親バカっぽかったな、と思いつつ、

「なにが楽しくてそんなことやるわけ？　暇なのはわかるけど、母子《おやこ》ともどもなにわけわかん

ないことして遊んでんだよ。ほんとにセレブの考えることはわかんねえ」

単にバズりたかったのかもしれないが、毎回ハラハラして見てたのに、と視線で咎《とが》めると、たまにドカンとどでかい悪戯《いたずら》をやらかす御曹司は悪びれない笑顔を見せた。

「楽しかったよ。だって狙いどおり匠馬くんが怒ってくれたから」

「え……？」

薫は機嫌よく歌うような調子で続けた。

「匠馬くんと三ヵ月音信不通で、たぶん僕から動かないと匠馬くんから連絡を取ってくれることはないと思ったから、なんとかして匠馬くんに反応してほしくて、もし僕の婚活動画に怒ってくれたら、もしかしたら脈があるかもって思ったんだ。そしたら期待以上に怒ってくれて、配信して大成功だった」

「……」

天真爛漫《てんしんらんまん》に微笑まれ、もっと地味な方法で気を引けないのか、と思ったが、自分を振り向かせたくてチャンネルを開設したり、「ちょっと待ってて」とチャーター機で飛んできたりするビックリ箱のような御曹司が愛しくてたまらない。

薫が以前セッティングしてくれた夜のメリーゴーランドみたいな凝《こ》った演出はできないが、ロケーションが東洋一と謳《うた》われる宮古ブルーのビーチだったので、匠馬はすこし考えてから、白い砂浜に指で星の形を描く。

「薫、この暗号の意味覚えてるか？」

あの地下室で薫が書いてくれたふたりだけに通じる暗号のことを問うと、薫はすこしの間のあと、微笑んで頷いた。

「うん。『いま匠馬くんが一緒にいてくれて本当によかった』っていうマークだよね。いまの僕の気持ちにぴったり」

そう言われてあのときと同じ胸の高鳴りを覚えながら、匠馬はその隣にもうひとつ別のマークを描く。

内心照れくささに悶《もだ》えつつ、

「こっちは『これからもずっと、死ぬまで薫と一緒にいたい』っていう暗号だから」

と星の隣にハートマークを描くと、薫はハッと小さく息を飲み、うるりと瞳を潤《うる》ませて、あたりはばからずにチュッと匠馬の唇にキスをした。

＊＊＊

「匠馬《しょうま》くん、そんなに気にしなくても大丈夫だよ。ＳＰの米田《よねだ》さんも西久保《にしくぼ》さんもプロだから、僕たちがここでなにしてるか察してても知らんぷりして仕事に徹《てっ》してくれるから」

「いや、だから、それが恥ずかしいんだって」

先刻前浜《まいばま》ビーチで悶絶《もんぜつ》の『砂に書いたラブレター』的演出のプロポーズをした直後、背後に薫《かおる》の屈強《くっきょう》なＳＰがふたり控えており、一部始終を目撃されていたことに気づいた。

それだけでも砂浜に穴を掘って埋《う》まりたいくらいの羞恥《しゅうち》プレイだったのに、現在はさらにふたりのＳＰが匠馬のアパートの駐車場と階段下に待機して不審者が近づかないように警護してくれている。

海で薫が、

「匠馬くん、そろそろ匠馬くんの部屋に行かない？　ずっと両想いだったってわかったし、プロポーズもしてくれたし、いますぐいちゃいちゃしたいから」

とＳＰが聞いているというのにおかまいなしに提案してきて、俺はおまえみたいに常に一挙手一投足《いっきょしゅいっとうそく》見守られるのが当たり前のセレブじゃないから、まともな羞恥心《しゅうちしん》があるんだが、と動揺しながらも、申し出自体は魅力的だったので、つい同意してしまった。

「別に盗聴《とうちょう》までされてないから大丈夫だってば。僕の所在は東京の両親にもＧＰＳで把握《はあく》されてるけど、声までは聞こえないし」

「……」

これが九石財閥《さざらしざいばつ》の御曹司《おんぞうし》を恋人に持つということなのか、と頭痛を堪《こら》えながら、

「……一応聞いときたいんだけど、俺がおまえとこういう関係になったら、俺、傑《すぐる》さんたちに殺されたりしないか……？」

溺愛《できあい》する息子に手を出す不届き者は、命までは取らないとしても去勢《きょせい》される危険はあるのでは、とおののきながら確かめると、薫は笑って首を振る。

「大丈夫だよ。うちの両親は僕に悔いなく生きてほしいと思ってくれてるし、女性と結婚したくないならしなくていい、むしろどこにも行かないでずっとそばにいてくれたら嬉しいって言ってるし、さっきもちょっと匠馬くんに会いに行ってくるって事情を話したら、うまく行ったら匠馬くんに婿入《むこい》りしてもらいなさいって送り出してくれたよ」

ほがらかにそう言われ、

「……は？　もう傑さんたち公認なの……？」

と呆気《あっけ》に取られて問うと、

「うん。うちはね。あとは生馬《いくま》さんと聡美《さとみ》さんに『匠馬くんを僕にください』ってお願いしないといけないけど」

でもきっとふたりも「お相手が薫坊ちゃまなら」って快《こころよ》く許してくれる気がするんだ、と曇《くも》りのない笑顔を向けられる。

「……」

マジか、いいのか、なんとなくうちの親もそう言いそうだけど、ちょっといろいろおかしくないか、と思わず常識的に考えこみそうになる。

でもおっとりにこやかな薫の笑顔を見ていたら些事《さじ》はどうでもよくなり、『薫くんちは大人になってもこうなんだ』とありのまま受け入れることにした。

＊＊＊

「……ンッ、ふっ……ねえ匠馬くん、誰かとこういうこと、したことある……？」

六畳間《ろくじょうま》に敷いた布団に裸で重なり、キスの合間に薫が囁く。

「……ないよ、薫以外とはしたくなかったから。一応人並みの知識はあるけど、童貞だからな、悪いけど」

照れで赤くなりながら開き直りの申告をすると、薫は嬉しそうに下からチュッと唇に触れてくる。

「全然悪くないし、それ聞けて嬉しい。匠馬くん、かっこいいのに、ずっと僕に操《みさお》を立ててくれてたんだね」

薫とこんな風になれる日が来るとは思っていないときも、薫以外には目がいかなかったのは事実だった。

でも未経験なのは自分だけじゃないはずだと確認したくて、

「そういうおまえはどうなんだよ。超箱入りのくせに、もし非処女とか言ったら泣くからな」

と冗談で言うと、薫はやや真顔になる。

「……実は僕、ＳＰの西久保さんに、匠馬くんとのいざというときに備《そな》えて、やり方の手ほどきをお願いしたことがあるんだ」

上目遣いでそう告げられ、「はあ⁉」と絶叫する。

薫は耳元で叫ばれて一瞬眉を顰《ひそ》め、

「匠馬くん、声大きいよ。さっきこの部屋は壁が薄いから静かにやろうって自分で言ったくせに」

と囁き声で窘《たしな》めてくる。

「だって、おまえが聞き捨てならないことを言うから……！　その、ほんとに練習台にＳＰ相手に……させちゃったのか……？」

非常識なことをさらりとやる前科があるので、あながち冗談じゃないかもしれない、と青ざめながら返事を待つと、薫がコンと匠馬の頭を軽く拳《こぶし》で叩いて唇を尖《とが》らせた。

「なんで即答で『嘘だ、絶対信じない』って言ってくれないの？　僕、そんな尻軽じゃないからね。僕だって、初めては匠馬くんとって決めてたし、二回目も三回目もそのあとも全部匠馬くんがいいから、誰とも練習してないよ」

軽く睨みながら告げられ、ほぅっと安堵の吐息を漏らし、心臓に悪い冗談と可愛いことを言う小悪魔な唇をもう一度上から塞《ふさ》ぐ。

「……んっ……ゥン……んん……」

薫の唇や舌の甘やかさは、ほかに知らなくても極上だと本能で確信でき、深く結び合わせて堪能《たんのう》する。

白く華奢《きゃしゃ》な裸身も、昔思ったとおり、中にふわふわしたものが詰まっていそうに軽く柔らかく、滑《なめ》らかな肌は驚くほど敏感だった。

首筋から余すところなく唇でマーキングしながら下りていき、胸元で紅《あか》く色づく乳首を舐《な》めると、ビクンと薫が身を震わせる。

「アッ、匠馬く……、ぁんッ……！」

未開発でも感度のいい乳首に舌を絡《から》ませ、あむあむと唇で噛みながら、

「……薫の乳首、体育のプールの時間、ずっと気になって、他の奴らの目から隠したかったし、……こんな風にしてみたかった……」

とちゅうっと強く吸い上げる。

「あっ、ンンッ……！」

懸命に声を出さないように堪《こら》える薫の乳首を舐め齧《かじ》り、反対側も指で感触を愉《たの》しんでいると、

「ぼ、僕だって、プールの時間、匠馬くんの水着を盗み見て……平常時なのに大きいって、ドキドキしてたよ……？」

と喘《あえ》ぎながら張りあうように囁かれる。

匠馬は軽く目を見開き、

「……マジで？　俺、中学の頃、薫はヒゲも生えないいし、結構いつまでもボーイソプラノだったし、性欲とかとは無縁で、自分でオナったりもしないんじゃないかと思ってた……」

と思わず本音を言うと、やや男子としての矜持《きょうじ》が傷ついたらしく、薫が匠馬の下から抜けだして身を起こした。

「ちょっとそこで見てて。僕だって人並みに性欲も知識もあるし、匠馬くんを想って致《いた》したことは山ほどあるから」

そうきっぱり言い、片肘《かたひじ》で身を支える匠馬の眼前に膝立ちし、すでに芯《しん》を持っていた性器を両手で扱《しご》きだす。

「ンッ、んっ、ふっ、あ……っ」

目の前で妄想でしか見たことがないサービスプレイを始められ、薫が突拍子《とっぴょうし》もない御曹司でよかった、と噛みしめながら間近で鑑賞する。

小ぶりだが、色も容《かたち》も綺麗な性器を品よく撫でまわす手元を見ていたら、じわりと口の中に唾《つば》が湧いてきて、片手で腰を引き寄せて自分の顔も寄せる。

「あっ、匠馬く…っ、ひぁあっ……！」

尖端をぺろりと舐めて唇をつけると、薫がビクッと震えて肌を粟立《あわだ》てる。

実践するのは初めてだが、こんなに抵抗感がないことに自分でも驚く。

相手が薫なら、このまま排尿《はいにょう》されても飲めるかもしれない、と変態思考に走りながら雁首《かりくび》を咥《くわ》える。

唇で締めつけながら薫の両手を外させ、裏筋に舌を這わせて奥まで飲み込む。

「やっ、しょ…まく…アッ、すご…っ、きもちぃ…、んっ、ふ、あぅん……！」

なんとか声を控えめにしようと努力するエロ可愛い喘ぎに興奮しながら、じゅぷじゅぷ音を立てて舐めしゃぶる。

「ま、待って待って、匠馬くん、僕にも、これ…させて……っ！」

快感に悶えながら夢の申し出をされ、御曹司なのに口淫《こういん》も辞さないほど俺を好きでいてくれるんだ、と改めて感じられ、愛《いと》しさと嬉しさで舞い上がる。

「ありがと。でもそれは二回目以降のお楽しみに取っとく。今日は、いままで誤解でたくさん傷つけて泣かせたお詫《わ》びに、俺が奉仕するから」

そう囁いて、恋人の身体のすべてにマーキングしたい欲求に従って薫の身体を裏返し、奥まった秘密の場所に唇と舌で奉仕する。

「アッ、やぁっ、待…そこ、ンンンーッ！」

四つん這いにして高く上げさせた尻の間に舌を滑らせ、舐め上げては舐め下ろす。

きっとここで自分を受け入れてくれるとき、すくなからず苦痛を伴《ともな》うはずなので、労《いたわ》りと感謝を込めて愛撫する。

「んっ、はぁ、やっ、んんっ……！」

シーツを噛んで声を抑えて悶える薫の腰がかすかに揺れだし、前も萎《な》えずに揺れていたので、遠慮なくびしょぬれになるまで孔《あな》を舐めまわす。

片手で潤滑剤がわりのハンドクリームを取り、指でたっぷり掬《すく》ってから濡れた後孔《こうこう》に塗りこめ、「……指、入れるよ」と囁き声で告げながら慎重に忍ばせる。

「ン、ンンンーッ…！」

こんな狭い場所に本当に挿《い》れてもらえるんだろうか、と心配になるほど指一本でも狭く感じ、クリームを足しながらゆっくり抜き差しして中を拡《ひろ》げる。

ある一点を指が掠《かす》めると、薫がビクッと大きく身を揺らして両手で口を押さえた。

「薫、ここ、気持ちいい……？」

ここが前立腺《ぜんりつせん》かも、とこりっとしたものを撫でながら問うと、薫は必死に口を塞《ふさ》いだままこくこく頷く。

薫のいい場所をとろとろになるまで責めながら、同時に前を扱き、尻たぶや背中に唇で愛おしくマーキングを続けていると、

「しょ、匠馬く……っ、も、たぶん、大丈夫だから……来て、中に……！」

と薫が涙目で振り向きながら訴えた。

「……ほんとに大丈夫か……？　俺ならまだ我慢できるし、もうちょっとほぐしたほうが」

おまえが楽なんじゃないか、と続けようとしたら、

「僕が我慢できないの！　大好きな匠馬くんと、早くちゃんと結ばれたいから、して！」

と子供の頃にもそんな我儘《わがまま》っぽい口調は聞いたことがない命令調でねだられた。

俺がずっと片想いしてた薫はもっとおっとりして、早く挿れろと急《せ》かす子じゃなかったような、と一瞬思ったが、こういう薫もすごくいいとツボに入り、実は限界に近かった己の屹立《きつりつ》を後孔に宛《あて》がう。

「……キツかったら言って？　ゆっくり挿れるから……」

「う、うん……」

さっき強気でねだった薫の声にすこしの不安や怯《おび》えを感じ取り、できるかぎり優しくして、怖がらせたり痛がらせたりしないように暴走だけはするな、と己に言い聞かせながら身を進める。

「あ、ひ、ンンンンーッ……！」

すこし挿れただけで、思いのほか大きな悲鳴を上げかけた薫の口を思わず左手で覆《おお》う。

「ごめん、痛いか？　抜く？」

口を塞いだまま焦《あせ》って問うと、薫は必死に首を横に振る。

自分もきつかったが、なんとかなだめようとそのまま右手で腕や背中をさすり、前に回して性器を握る。

ゆっくり擦りながら前屈《まえかが》みにうなじや背中に口づけると、薫の身体から徐々に余計な力《りき》みが抜けていく。
ン、ン、と手の中で小さく声が聞こえ、息が苦しいかも、と塞いでいた手を外そうとしたとき、小指を唇に挟まれた。
「……ぁ」

普段ぶつけたりしても感覚が鈍《にぶ》いのに、薫に舐められる感触ははっきりと感じた。

口淫するようなエロい舐め方ではなく、赤ん坊がお乳を吸うような無心な舌遣いで熱心に舐められ、きっと薫のことだから、この指に対する労りや詫びや感謝の念のつもりなんだろうと思った。

ちゅうちゅうと小指をしゃぶられながら、改めて怪我をしたときもいまも一緒にいられることや、長い片想いが実っていまこうしていることの感動が胸に押し寄せ、ちょっと泣けてきそうになる。

いくら顔は見られないバックの体位でも「スン」と鼻をすすったりしたら感動して泣いたとバレてしまう、と焦って、

「……ねえ薫、そんなに小指舐めると『薫が噛んだ〜小指が痛い〜』って歌っちゃうよ」

とおちゃらけると、薫が指を含んだままププッと笑った。

そのタイミングで身体が弛《ゆる》み、ぐっと中ほどまで身を進める。

「あっ…んん、そこ……当たってる……っ」

潜《ひそ》めた声で告げられ、その場にとどまったまま亀頭《きとう》で突くように刺激する。

「ン、ンンッ、ンン〜〜〜ッ！」

また薫が自分の両手で口を塞ぎ、声を押し殺しながら身悶える。

呻《うめ》き声にも快感が滲んでいたし、身体もさっきよりきつそうではなかったので、薫を昂《たか》めることに集中しながら抽挿《ちゅうそう》を始める。

初めて知る薫の中は、狭くてあたたかくて締まり具合もすごすぎて、脳みそが溶けそうに気持ちよかった。

華奢な尻にセーブして腰を遣いながら、

「……薫、俺すげえ気持ちいいんだけど、おまえもいい……？」

とガツガツ突きこみたい衝動と必死に戦いつつ問うと、

「……う、うんっ……きもちいいし、すごく、うれしい……」

と薫が感極まったように振り向いた。

潤《うる》んだ瞳でじっと見つめられ、ドクンと胸の鼓動も奥に包まれた分身も揺れてしまう。

「……ねえ匠馬くん、……手で塞いでても、匠馬くんので突かれると、大きい声が出そうになっちゃうから、匠馬くんの口で、塞いでくれない……？」

願ってもないおねだりに、匠馬は飛びつくように薫の唇を奪う。

上も下も繋がりあい、共に揺れあって、ふたり同時に長い両片想いを実らせた。

＊＊＊

「……ねえ匠馬くん、これからのおつきあいについて相談してもいいかな」

無事初めての行為を遂行《すいこう》し、歓《よろこ》びと嬉しさで互いに照れ笑いでしばしいちゃいちゃしたのち、薫が腕の中から見上げながら言った。

「あぁ、うん」

さっき傑さんたちから「婿入りしてもらえ」と言われたと言っていたが、庶民育ちの匠馬としては薫にただ養われるだけの入り婿というのはヒモのようで抵抗があった。

「ひとまず、次の休みに一度戻って傑さんたちやうちの親に報告と挨拶《あいさつ》に行こうと思う。でもこっちの道場を三ヵ月で退職っていうのは無責任だし、次の人も探さなきゃいけないから、せめてあと半年か一年はこっちで働くから、その間は遠距離させて。あと俺は薫の婿になるのは望むところだけど、高等遊民《こうとうゆうみん》になるのは嫌だから、俺の持ってる資格を活《い》かしておまえのために働きたい。そうすればヒモにならずに済むし」

なんでもいいから資格を取って薫と一生一緒にいる、という中一のときに抱いたビジョンがついに現実になるのか、と感慨深い気持ちで告げる。

薫は「遠恋《えんれん》……？」とやや不満げに唇を尖らせていたが、すぐににこっと微笑んで言った。

「匠馬くんのそういう真面目で堅いところが好きだから、まあいいか。会いたくなったらすぐ飛んでくればいいし、いっそここに同棲してもいいかな」

大豪邸に住んでいるのに壁の薄い六畳一間に平気で住むと言ってくれる可愛さに思わず頷きかけ、

「でも、そうするともれなくＳＰの西久保さんと米田さんも移住してくるんじゃないか……？」

と怯みながら問うと、

「それはそうだね。ＳＰはいらないっていくら言ってもお父様たちが聞いてくれないと思う。……それより、匠馬くん、僕の専属の行政書士か柔道整復《せいふく》師かＳＰかなにかになってくれたら、お給料いくらほしい？　一千万くらいがいいかな？」

とまた薫が破天荒《はてんこう》なセレブ発言をかます。

「いや、給料なんてもらう気ないよ。働かずに食わしてもらうのが嫌なだけ。それに二十二で年収一千万なんて、ホストでもなきゃ稼げない超高給取りじゃんか」

まったく高等遊民は相場を知らないな、と言いかけると、

「え、年収じゃなくて、月収のつもりだったんだけど。いや日給のほうがいいかな。なんなら時給でもいいよ。だって匠馬くんが毎日僕のそばにいてくれるなら、それだけ払う価値あるし」

と天下の九石家の御曹司は天真爛漫《てんしんらんまん》に笑った。

御曹司の新妻日記

onzoushi no niizumanikki

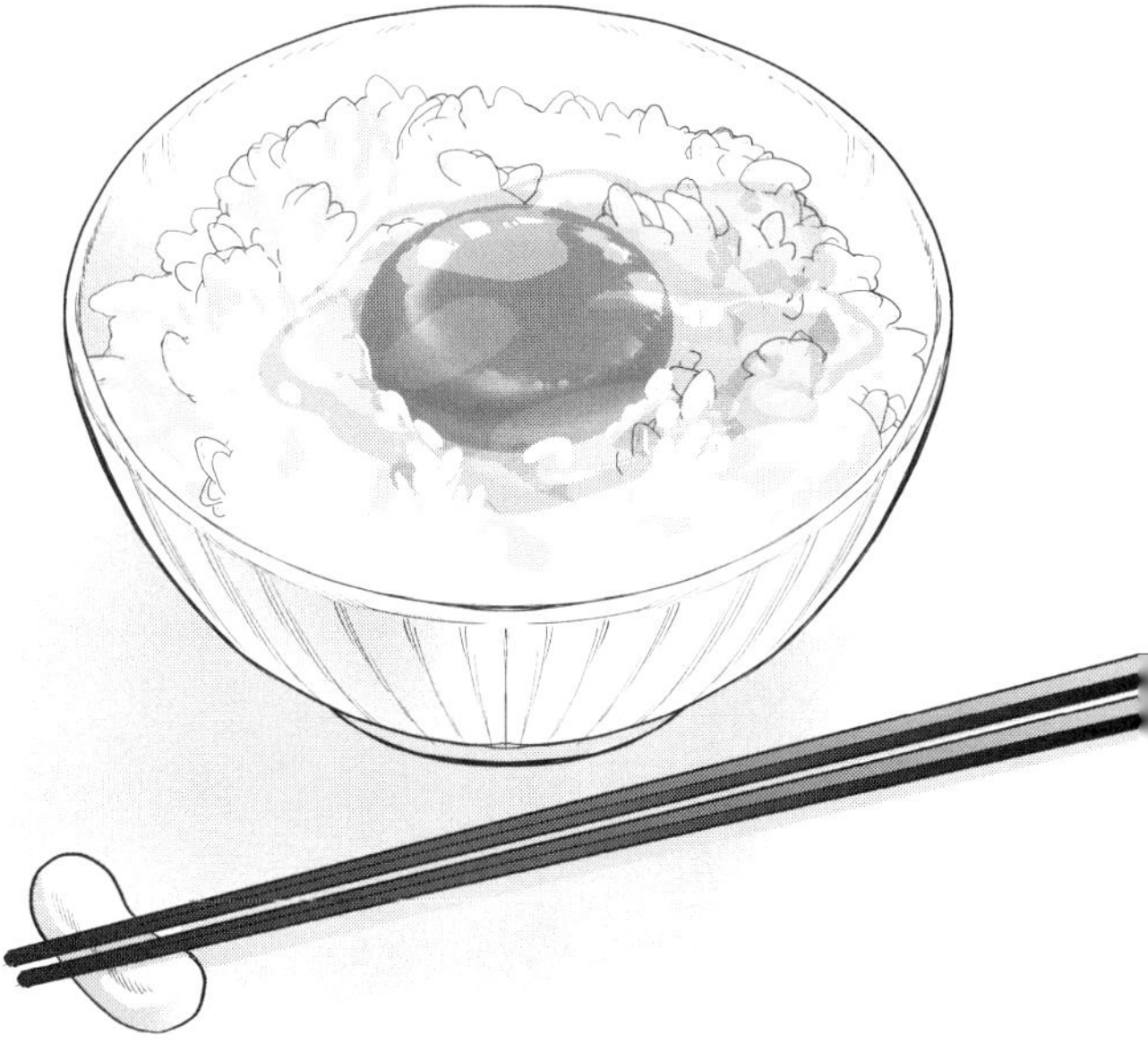

これまで人から自分のことを評されるとき、「クール」「ストイック」「生真面目《きまじめ》」「不言実行《ふげんじっこう》」「物事に動じない」「動物に譬《たと》えるとドーベルマンっぽい」など、どちらかというと硬派なイメージを持たれがちだったし、自分でもそう思っていた。

が、今日はその自己認識がまったく当てはまらず、もし本州にいたら富士山のてっぺんまでダッシュで駆けのぼり、歓喜の雄叫《おたけ》びをあげながら砂走りを駆けおりたいくらいアドレナリンが出まくっているし、いまが勤務中でなければゾンビメイクでスリラーダンスをソロで踊り狂いながら島じゅう練り歩きたいくらいはしゃいでいる。

昨日、赤ん坊の頃から唯一無二の特別な相手だった幼馴染《おさななじみ》と心が通じ合い、身体も結ばれた。

長らく誤解でこじれにこじれ、成就《じょうじゅ》どころか関係修復すら無理かもしれないと一時は覚悟もしていたので、まさかの大逆転劇に、「これで浮かれない人間がいたら連れてこい！」と拡声《かくせい》器《き》でわめきたいくらい精神状態が尋常ではない。

そんな喜ばしいことがあった翌日でも、高等遊民《こうとうゆうみん》の恋人と違って定職《ていしょく》に就《つ》いているので普通に出勤しなければならず、必死に教え子たちの前で真顔を保っているが、気が弛《ゆる》むとすぐに昨夜《ゆうべ》の薫《かおる》のエロ可愛い姿態《したい》が眼裏《まなうら》に浮かんでしまい、そのたび顔面崩壊の危機に見舞われている。

でも、人生で一番幸福な一夜が明けたばかりで、にやけるなというほうが無理な話だと思う。

ふたりとも未経験同士だったが、長い間お互いの恋心以外はなんでも言い合える親友づきあいをしていたおかげで、行為の最中も「もっとこうしてもいい？」とか「そこ、気持ちいい」など率直に伝えあい、初めてにしてはつつがなく営《いとな》めたと思う。

薫はうぶな箱入り息子の割には行為にためらいや戸惑いを見せず、むしろ積極的に応じてくれ、素直に快楽に溺《おぼ》れる様にこちらも興奮や欲望を隠さずがっついてしまった。

お互いを同じ熱量で欲しがっているのが触れあう肌や声や視線やしがみついてくる強さからも感じられ、すれ違っていた間の胸の痛みを抱き合えばかき消せるかのように何度も求めあい、気づけば明け方まで身を繋げていた。

出勤前、さすがにバテて布団から起き上がれなかった薫にやりすぎたと詫《わ》びると、

「ううん、大丈夫だから気にしないで。匠馬《しょうま》くんだけのせいじゃないし、僕もやめてほしくなかったから。幸せな疲労だし、もうちょっと休めば回復すると思うから、仕事行ってきて」

と照れ笑いを浮かべ、片手を上掛けから覗かせて「いってらっしゃい」と手を振って見送ってくれた。

週明けの月曜日が祝日で連休になるので、土曜の夜から東京へ戻り、双方の親に挨拶《あいさつ》に行くことにしたが、薫もそれまでここにいると言ってくれた。

九石《さざらし》邸のパントリーより狭いアパートに御曹司《おんぞうし》を住まわせていいのかやや気になるが、本人は乗り気だし、しばらくの間毎朝今朝みたいに「いってらっしゃい」と言ってもらえ、夜も「おかえり」と出迎えてもらえるなんて夢のようだ、とまた顔がデレッと弛みかけたとき、「匠

馬せんせー？」と教えていた未就学児《みしゅうがくじ》のクラスのこどもたちの視線を浴び、ハッと我に返る。

急いで表情筋を引き締め、雑念を払って指導に集中し、なんとか一日の仕事を終える。

「顕昌《けんしょう》先生、匠馬先生、さよーならー」

最後のクラスの子供たちを送りだし、迎えの親御《おやご》さんたちと二、三言葉を交わしてから、道場の片付けと書類仕事を倍速の速さで済ませ、与那覇《よなは》に挨拶して家路《いえじ》につく。

アパートまでは徒歩七分の道のりだが、走って帰る前に「いまから帰る」と一応一報入れておこうとスマホを取りだす。

昼休みに薫に身体の調子を問うメッセージを送ったが、返信を見る前に道場見学の親子がアポなしで訪れ、その応対をしていたら昼休みが終わってしまい、返信をチェックする暇がなかった。

今頃昼の返事を確かめると、体調の返事にしては膨大《ぼうだい》な量のメッセージが薫から届いていた。

先日三ヵ月ぶりにメッセージをくれたことがきっかけで仲直りできたが、それ以前は仲良しだった頃も遠ざかっている間も薫とはメールやＬＩＮＥでやりとりする習慣がなかったので、こんなに怒濤《どとう》のように送ってくるなんて、もしかして口では言いにくい昨夜の行為に関するクレームだったりして、とおののきながら未読《みどく》のメッセージに目を走らせる。

『匠馬くん、心配してくれてありがとう。午前中たっぷり寝たから、なんとか起きあがれるようになりました』

『昨日、着替えとか持たずに身ひとつで来ちゃったから、匠馬くんの服を貸してね』

その下に匠馬のTシャツとハーフパンツを着たご満悦《まんえつ》顔の薫の自撮りが添えられ、

『ちょっと大きいけど、匠馬くんに抱きしめられてるみたいで嬉しい。パンツも借りちゃったよ♡』

『前から匠馬くんにこういうどうでもいいことを送ったりしてみたかったんだけど、なんとなくきっかけがなくてできなかったんだ。でももう恋人になったから、マメに送ってもいいよね？』

などと延々続いていた。

どうやら緊急事態でも、昨夜のクレームでもなく、他愛《たわい》ないカップルメールをしたいだけだとわかり、匠馬はほっと胸を撫で下ろし、口元を緩《ゆる》ませながら続きを読む。

『さっき、米田《よねだ》さんと西久保《にしくぼ》さんがいつまでも来客者用の駐車場を占拠《せんきょ》するわけにもいかないし、今後匠馬くんがこっちにいる間、僕が通ってくるときの警護の拠点用にって、向かいのマンションに部屋を借りました。このアパートに空室があればよかったんだけど、いま満室なんだって。今週はたぶんそんなに出歩かないし、警護はお休みしてホテルに泊まってリゾートしてきてってお願いしたんだけど、そんなわけにはいかないって言われちゃった』

「……やっぱり早速《さっそく》移住してきたか……」

近くにウィークリーマンションでもあればそこを拠点にしたのかもしれないが、さすが九石財閥《ざいばつ》のＳＰは経費の使い方が半端《はんぱ》ない、と内心唸《うな》る。

それにしても、あの人たちの勤務体系や私生活はどうなってるんだろう、警護対象の気まぐれにつきあわされて住まいを変えさせられたりして、もし家庭を持っていたら大変だろうな、とやや同情する。

今朝出勤するとき、駐車場の端に停めた黒塗りのベンツで車中泊したらしいふたりに挨拶すると、これから交代で朝ごはんとコインシャワーを借りてくるというので、いま薫が部屋で寝ているが、おにぎりをひと山作ってきたので、よかったら薫と一緒にどうぞ、冷蔵庫のおかずも好きに食べていいし、シャワーもうちで浴びて、着替えも適当にクローゼットのものを着てもらっていいので部屋で休んでください、とスペアキーを渡してきた。

六畳《じょう》一間なので、夜は四人で雑魚寝《ざこね》かと思っていたが、一応主《あるじ》の最低限のプライバシーは重んじる気があるのか、別室を確保してくれたことはひとまずよかった。

見るからに屈強《くっきょう》なダークスーツの男ふたりがアパートの前に何日も張り付いていたら、近隣の住民に不審がられて通報されかねないので、目立たないように警護してくれるならそれに越したことはない。

でも、そこまで厳重に二十四時間警護しなくても、薫ももう四歳の頃とは違うし、そう簡単に犯罪に巻き込まれたりはしないいんじゃないかと思うが、天下の九石財閥の御曹司に油断は禁《きん》物《もつ》なのかもしれない。

それに例の妙な動画チャンネルのせいで若干《じゃっかん》余計な方面にまで面《めん》が割れたかもしれず、金目当ての誘拐犯以外にもセレブの玉《たま》の輿《こし》狙いなど、面倒な手合いに目をつけられないとも限らないので、やっぱり一応SPがついていたほうが安心かも、と納得する。

でも、警護される薫が安アパート住まいで、SPがリゾートマンションって、と苦笑しながら次のメッセージを読む。

『匠馬くんこそ身体は大丈夫？　今朝は全然バテてないみたいだったけど、運動量的には匠馬くんのほうが多かったし。でも僕も結構頑張ったから、まだ腰や股関節《こかんせつ》がだるいんだ。僕、バレエやってたから股関節の柔らかさには自信あったんだけど、あんなに開いたり、肩に膝がつくほど折り畳《たた》まれてのしかかられたら、やっぱり負荷《ふか》が大きかったみたい。あとまだ奥に匠馬くんのが入ってるみたいな気もするし』

「……それは、なんかごめん……」

思わず赤面して画面に向かって詫《わ》びる。

たぶん本人にはわざと言葉責めする意図はなく、率直に事実を報告しているだけだと思うが、つい両肩に足を担《かつ》いで深く打ちつけた体位や、大きく開いてきつく腰を挟んでくれた膝の力や、なかなか出たくなくて挿《い》れっぱなしで居続けてしまった狭くてあたたかくて濡れた内襞《うちひだ》の感触をまざまざと思いだしてしまう。

うっかり薄闇の路上で恍惚《こうこつ》の表情を浮かべてしまった自覚があり、急いで顔を引き締めて続きに目を落とす。

『米田さんは指圧《しあつ》が上手だから、ちょっと腰や股関節をほぐしてもらおうかと思ったけど、せっかく匠馬くんにいっぱい触ってもらったばっかりなのに、いくら米田さんでもほかの人に触らせちゃったら、匠馬くんの手の感触が薄まりそうでもったいないから、匠馬くんが帰ってくるまで我慢しようと思います。僕の身体のメンテナンスは僕専属の柔道整復師《せいふく》さんにやってほしいから、それまでけだるさを漂わせながら待ってるね』

まったくけだるげではないほがらかなご指名に、「わかったよ」と苦笑する。

『あ、でもあんまりだるいとかバテたとか言うと、匠馬くんのことだから、次から気を遣ってセーブしてくれちゃいそうだけど、そういう配慮はいらないからね。僕は匠馬くんとなら、毎日でも、何回でも、失神するまでしたいから』

また天衣無縫《てんいむほう》の率直さで告げられ、可愛さと嬉しさと照れで内心悶《もだ》える。

最後は本当に気絶するほど貪《むさぼ》ってしまったことを咎《とが》めだてせず、毎日でもいいと言ってくれたということは、今夜も遠慮しなくてもいいのかな、と期待に胸が膨《ふく》らむ。

また無自覚にニタリと口角《こうかく》を上げて無気味な笑みを浮かべてしまい、ハッと戻しながら続きを読む。

『いま米田さんたちとおにぎりを山分けしていただきました。朝の忙しいときに、たくさん用意してくれてありがとう。梅おかかも焼き鮭《じゃけ》も肉みそも、どれもすごく美味《おい》しかったです』

『匠馬くんの手作りおにぎりをいただくのは二度目だね。初めて作ってもらった記念のおにぎりは、防腐処理《ぼうふしょり》して保存してあるんだ』

突然出てきた意味不明の言葉に「ん？ 保存？」と思わず二度見する。

『あのときはケンカ別れしちゃって、もうこれが最初で最後の匠馬くんのおにぎりかもって思ったから、切なくてもったいなくて全部食べられなくて、ひと口だけ食べて、残りはオブジェにしたんだ。九石財団の理化学研究センターで開発中の新技術で、生ものでも半永久的に腐らず色褪《いろあ》せずに保てる新素材の樹脂《じゅし》でコーティングしてもらったんだ。でもまた本物が食べられてよかった。今回は安心して完食しちゃいました。ご馳走様《ちそうさま》♡』

いくら多額の研究費用を出しているスポンサーの息子とはいえ、優秀な科学者にそんなしょうもないことをさせたのか、と唖然《あぜん》としつつ、自分のおにぎりにそこまで執着するほど想ってくれてたんだな、と満更でもない気分になる。

『おにぎりの御礼に、今夜の夕飯は僕が用意するからね。いまから西久保さんたちと買い物に行ってきます。まともにお料理したことないんだけど、西久保さんは調理師免許も持ってるし、いろいろ教わって匠馬くんに喜んでもらえるように頑張るね！』

それが二時間前に届いたメッセージで、それ以降新着はないので、まだ初挑戦の料理に奮闘《ふんとう》している最中なのかも、と口元がほころぶ。

薫の手作りは十六歳の時のバレンタインのチョコ以来なので、楽しみだった。

生まれて此《こ》のかた大勢の使用人に傅《かしず》かれて育った御曹司の薫に家事能力は最初から期待していないし、やれるほうがやればいいと思っているが、自分のためになにかしたいと思ってくれる気持ちが純粋に愛《いと》おしかった。

自分は親が共働きだったので、小学生の頃から親に教わって料理を覚えたが、最初に習った野菜炒めで、にんじんを切ろうとしてスパッと指を切って流血した記憶がある。

薫には西久保さんがマンツーマンでついてるから、たぶん怪我なんかしないだろうし、意外と器用になんでもこなすから、初めてでも教わりながら完成度の高いフルコースでも作ってしまうかもしれない。

もし順当に初心者らしい簡単メニューで、出来栄えが焦《こ》げたり生煮えだったり独創的な味つけだったとしても、薫が頑張って作ってくれたものならなんでも喜んで食べようと思いながら走ってアパートまで戻る。

階段を上がって「ただいま」と二〇一号室のドアを開けると、

「匠馬くん、おかえりなさい！」

と薫が両手でなにかを包むように持ちながら駆けよってきた。

サイズが合わずにズレたTシャツの襟《えり》ぐりから肩や鎖骨《さこつ》を片方覗かせ、上から普段匠馬が使っているデニムのエプロンをつけており、自分がつけるときより丈が長く見える可愛いエプロン姿に激しくツボを突かれる。

「……ええと、手になに持ってるんだ？」

にやけを堪《こら》えて靴を脱ぎながら、そっとひよこでも匿《かくま》っているような手つきで両手を重ねている手元に目を留めて問うと、薫は指輪ケースを開けるときのように上に乗せていた右手を開いた。

「卵だよ。三十分手であたためると美味しい卵かけご飯用の卵になるんだって。僕はいままで生の卵をご飯にかけるメニューは知らなかったんだけど、西久保さんが栄養価も高いし美味しいからお勧めだって教えてくれたんだ。もっと手の込んだおかずを作りたかったんだけど、西久保さんに包丁や火を使う料理は危ないから今日は違う作業を頼みますって言われて、僕が担当した炊飯器のスイッチを押すことと、冷《ひ》や奴《やっこ》の上にかつお節《ぶし》を載せるのと、この卵をあたためることは完璧にやり遂げたから」

誇《ほこ》らしげに笑みかけられ、野菜炒めでもフルコースでもなく、御曹司の初挑戦メニューは卵かけご飯と冷や奴だったか、と思わず苦笑が漏れる。

きっと長く仕《つか》えて薫の操縦法を心得ている西久保さんがうまいこと言ってその気にさせたんだろうけど、それは料理じゃないからな、と心の中だけで告げる。

これがいまの薫の実力なら、昔作ってくれた梨のチョコも、実は全部うちの親父がお膳立《ぜんだ》てしたものをただ混ぜたり型に入れたりしただけだったのかも、と想像する。

そういえば高校の登山キャンプの飯盒炊爨《はんごうすいさん》でみんなでカレーやそうめんを作ったときも、薫はにこやかに口で応援する係しかしてなかったな、と笑いと共に思いだす。

「ありがとな。いつも卵かけご飯は冷蔵庫から卵出してすぐ冷たいままご飯にかけてたから、ぬくもった卵で食べるの初めてだよ」

そう言うと、薫は「よかった」と嬉しそうに微笑む。

テーブルには西久保が作ったらしい手羽先《てばさき》とトウガンの煮物、ゴーヤチャンプルー、青パパイヤとエビのマリネ、トマトの味噌汁《みそしる》、刻《きざ》んだネギとみょうがの上に薫がかつお節を載せた冷や奴が並んでおり、

「おぉ、うまそう。せっかくこんなに作ってもらって、ふたりだけで食べるの悪いかな。西久保さんたちも呼んでこようか」

と言うと、薫はふるふると首を振った。

「昼間スーパーでふたりの分の食材もまとめ買いしてたし、このおかずも半分くらい持ってってもらったから、大丈夫だよ。匠馬くんが僕のSPさんにも気を遣ってくれるのは嬉しいけど、せっかく匠馬くんが帰ってくるのを首を長くして待ってたから、ふたりっきりで食べたいな。……西久保さんたちがいたら、絶対匠馬くん『あーん』とかやらせてくれないだろうし」

上目遣いにそう言われ、またきゅんとツボを突かれる。

そうか、『あーん』がしたいのか。照れくさいが、もちろんやぶさかではないし、自分も薫とふたりだけで食べるほうが嬉しい。

でもいままで『あーん』なんて子供の頃に親にされて以来誰ともしたことがないから、薫に食べさせればいいのか、俺が口を開けて待てばいいのか、どうやったらスムーズに『あーん』ができるのか悩ましい。

まあでも、きっと薫が率先《そっせん》して「匠馬くん、あーん」と箸《はし》を差し出してくれたり、自ら口を開けてくれたりするだろうから、リードにまかせようと思いながら、「じゃあ食べようか」とご飯を二膳よそってテーブルに向かいあう。

「どうぞ」と手渡してくれたぬくい卵を礼を言って受け取り、小鉢《こばち》に割りほぐして醤油《しょうゆ》をかけていると、薫がエプロンのポケットからもうひとつ卵を取り出した。

「あれ、そっちは常温なのか？」

「うん、最初は両手にひとつずつ卵を持ってあたためてたんだけど、指が届かない部分がちゃんとあたたまらないかもと思って、匠馬くんの分だけ両手でしっかりあたためて、僕の分はポケットに入れて、自分の体温であたためてたんだ。元々僕は卵かけご飯を食べたことないから、卵の温度で味が変わるかわからないし、匠馬くんに完璧な卵かけご飯を食べてほしかったから」

卵かけご飯にそこまでの完璧さは求めていないが、けなげさにきゅんとする。

「ありがとな」ともう一度礼を言うと、「ううん」とにこやかに笑って、薫は覚束《おぼつか》ない手つきで小鉢の縁《ふち》にコンコンと卵を当てる。

過去一度も自分で割った経験がないらしく、当てる力が弱すぎてなかなか罅《ひび》が入らず「あれ？」と難儀しており、しばらく自力でやれるか見守ってから、「俺がやろうか？」と声をかけると、薫は眉尻を下げながら頷いた。

「ごめんね、なんか強く当てるとグシャッと壊れるんじゃないかって心配で」

「慣れれば力加減がわかるから、今度カステラでも一緒に作ろうか。卵たくさん使うから、練習に全部薫が割ってみなよ。もしぐしゃっと粉々になっても、殻《から》を取り除けばいいだけだから、気にせず割ればいいし」

薫ならすこし練習すればすぐコツをつかんで早晩《そうばん》片手で割れるようになりそうだし、と思いながら提案すると、

「うん、やりたい！　匠馬くんと一緒にカステラを作るって、雪村《ゆきむら》さんに『ぐりとぐら』を読んでもらって以来の夢だったんだ」

と薫が目を輝かせる。

そんな昔からそんなことを考えてくれてたのか、と可愛さに胸がよじれる。

望んで叶わないことはない御曹司なのに、自分とのお菓子づくりを夢みるなんて夢のスケールが小さすぎるが、もっと早く知ってたら早く叶えてやったのに、と思いながら、割ってあげた卵の小鉢を返そうとして、最初に割った卵をかけた飯茶碗《めしぢゃわん》を薫に差し出す。

「三十分ただ持ってるだけでも、地味に肘《ひじ》とか手首が疲れただろうし、薫がこっちを食べなよ。俺は薫が腹であっためた卵をもらうから」

自分だったらわざわざ三十分も気長に手でぬくめたりしないし、手間暇《てまひま》かけてくれた恩恵《おんけい》だけ享受《きょうじゅ》するのも気が引ける。それに薫に美味しいほうを食べてほしくてそう言うと、

「……でも、これは匠馬くんに食べてほしくて頑張ってあたためた卵だから、匠馬くんに食べてほしい」

と薫が受け取らずに懇願《こんがん》する瞳を向けてくる。

自分にとっては新妻《にいづま》コスプレのポケットでぬくめた卵にも充分価値があるし、薫の労《ろう》をねぎらいたいだけだったが、自分への想いのこもった卵を味わいもせず返すほうが無情だったかも、と思い直す。

匠馬は箸と茶碗を持ったまま身を乗り出し、

「じゃあ、どっちも半分ずつ食おうよ。ほら、『あーん』してやる」

と箸にひと口分のご飯を掬《すく》って差し出す。

我ながら自然なタイミングで『あーん』に持ちこめた、と口角を上げると、薫もぱぁっと満開の笑顔になる。

「ありがとう。じゃあ遠慮なくいただくね」

潔《いさぎよ》く口を開けられ、可愛さにきゅんとしながら箸をピンク色の舌の上に差し入れる。

黄色くつやつやしたご飯を含み、唇を閉じてゆっくり咀嚼《そしゃく》する口元を凝視《ぎょうし》しながら、同じ箸で自分の口にもご飯を運ぶ。

昨夜舌を絡めるキスを何度もしたが、初めての間接キスにもひそかにときめく。

「うまいな」

「うん、初めて食べるけど、卵かけご飯がこんな美味しいって知らなかった」

「そっか。じゃあもっと食べな。ほら」

「うん。『あーん』」

まったく華も色気もないメニューの筆頭《ひっとう》のような卵かけご飯なのに、大事そうに味わう薫の口元が妙にエロチックに見えてそわそわする。

『あーん』なんて照れくさいことは一度やるだけでもハードルが高かったはずなのに、薫がご飯を口に含み、咀嚼して嚥下《えんげ》する様は何度見てもそそられて、つい繰り返し箸を差し出してしまう。

茶碗半分くらい食べさせたところで、

「じゃあ僕はおかずを担当するね。はい、匠馬くんも『あーん』」

と薫に青パパイヤとエビを摘《つ》まんだ箸を差し出され、照れ笑いを浮かべながらパクッと食いつく。

今日の昼間、西久保たちが玄関前とベランダ、駐車場の電柱などに二〇一号室に近づく不審者を監視する小型カメラを設置して、向かいのマンションのパソコンでリアルタイムでチェックしていることも、ベランダから駐車場や道路を写すカメラには室内の映像は映らないが、窓

を開けていれば会話は集音《しゅうおん》されてしまうことも匠馬はつゆ知らず、テーブルに並んだすべての料理を『あーん』で食べさせあうバカップルディナーを満喫《まんきつ》してしまう。

食後、皿を洗う匠馬のそばで、

「やっぱり手際いいね。洗剤を使わないアクリルたわしなのも西久保さんが『意識高い』って誉めてたし、食洗機《しょくせんき》がなくても皿洗いが上手な人ってかっこいいよね。ていうか、匠馬くんはなにやってもかっこいいけど」

などと薫はにこにこ絶賛しながら眺めているだけで、なんでエプロンをつけてるんだと思うほどなにもしなかったが、笑顔も言葉もエプロン姿もひたすら可愛いので、横にいてくれるだけで充分存在意義があった。

後片付けを終え、通勤用のスポーツバッグから柔道着とタオルを出して脱衣室に向かい、

「今日はスーパーに行っただけ？　海とか島の観光とかは行かなかったのか？」

と洗濯機に入れながら問うと、「うん」と即答された。

「島の案内は匠馬くんにしてほしいから、米田さんたちとはどこにも行ってないよ。この島の素敵な場所には匠馬くんと一緒に行くって決めてるから、次の機会まで取っておこうと思って」

にこっと微笑まれ、また胸がきゅんと疼《うず》く。

いままでお互いに片想いをこじらせていた間、親友以上の気持ちは伝えてはいけないと本当に言いたい言葉を飲みこんできた。

それが昨日解禁され、こうして薫が包み隠さず胸に浮かんだ気持ちをすべて言葉にして伝えてくれるのが嬉しくてたまらず、自分も本音を言わずにはいられなくなる。

「じゃあ、今度一緒に行こう。砂山《すなやま》ビーチとか東平安名崎《ひがしへんなざき》とか、薫に見せたい綺麗な場所がたくさんあるし、俺もずっと前から、いつか薫とデートしてみたいって思ってたから」

本心だが、やはり言いつけないので気恥ずかしくなり、照れ隠しにサッと目を逸《そ》らして洗面台の下から液体洗剤を取ろうとしたとき、「匠馬くんっ！」と屈《かが》んだ背中に飛びつかれた。

幼少時、雪村に読んでもらった『おんぶおばけ』のようにぎゅっと背中にしがみつかれ、「こーら、洗濯の邪魔」と内心のときめきを隠して一応窘《たしな》める。

軽量級の薫ひとりくらい背負ったままでも何の支障もなく動けるが、一日働いた身なので、「俺いま汗臭いから、そんなにくっつくな」と言いながら洗剤と柔軟剤を取って身を起こし、軽く肩を揺らして背中に貼りつく薫に下りてもらおうとすると、薫は余計ひしっと手足を巻きつけ、うなじに顔を埋《うず》めてくる。

「全然臭くないし、匠馬くんの匂い好きだから平気だよ」

薫はもう一度すうっと首筋の匂いを吸いこみ、

「……僕がおぶさってもビクともしない体幹もかっこいいし、この汗の匂いを嗅《か》ぐと、なんだか変な気分になってきちゃう……」

と吐息混じりに囁いた。

道場でふざけて背中によじ登ってくる子供みたいに幼い仕草でくっつきながら、急にエロスイッチを入れる薫にドキッと鼓動が跳ねる。

もちろんまったく異存はないが、両手の洗剤と柔軟剤を抛《ほう》りだしてがっつくのもどうかと思われ、

「……ちょっと先に胴着《どうぎ》だけ洗わせて」

と平静を装《よそお》い、薫を背負ったままキャップに洗剤を注《そそ》いで洗濯機の投入口に入れる。

柔軟剤も入れて、スタートボタンを押そうとしたとき、

「……ねえ匠馬くん、もうすこし洗濯物増やしてもいいかな。僕と匠馬くんが着てる服も、いますぐ全部脱いで洗濯槽《せんたくそう》に入れたら、多すぎて洗濯機が動かなくなっちゃう……？」

と囁きながら首筋にチュッとキスをしてくる。

洗濯機の容量や扱い方は知らなくても、誘い方は上手な恋人を振り返り、

「いや、それくらい増えても全然大丈夫。……じゃあ、ふたりとも脱ぐなら、ついでに一緒にシャワー浴びちゃおうか……？」

と興奮に上ずらないように抑えた声で誘い返すと、薫は嬉しそうに頷き、

「うん、匠馬くんと一緒にお風呂に入ることも、結構長年あたためてた夢だったんだ」

と耳にキスしながら教えてくれた。

「……んっ……ふ、ぅ……」

向かい合ってシャワーで身を濡らし、口づけを交わしながらボディソープをつけた両手で互いの身体を撫で洗いする。

傷ひとつない滑《なめ》らかな薫の首や肩や腕を両手で包むように泡を塗り広げ、鎖骨や胸元を掌《てのひら》で撫でていると、ツンと乳首が主張を始める。

敏感な尖りをぬるつく指先で同時に摘まむと、

「アッ……ん、はぁ、乳首、気持ちいい……、弄《いじ》られるの、好き……」

と薫が素直に身を震わせて、匠馬の腕に這わせていた手を止めてきゅっと摑んでくる。

昨夜もさんざん舐《な》めたり揉《も》んだりした可愛い突起《とっき》をくりくりぬるぬる弄っていると、薫の半《はん》勃《だ》ちだった性器が反《そ》っていき、尖端が濡れ始める。

「ここも洗ってやるよ」

さも余裕ありげに言いつつ、内心興奮に目が血走りそうになりながら、片手は乳首に残したまま、片手で薫の性器を握り、ソープを塗りつけるように上下させる。

「あっ、あっ、ん……、りょ、両方、すご…きもちぃ……あぁ、んっ……！」

乳首をひねるように揉みながら、茎《くき》をぬちゅぬちゅ擦《こす》りあげ、尖端も捏《こ》ねまわすと、薫は腿《もも》を震わせて膝が抜けそうになる。

もっと安定した体勢で愛撫を続けたくて、匠馬は浴槽の縁に掛け、脚を広げて薫を中に立たせて腿で挟み、両手を肩に置いてもらう。

これでへたりこみそうになっても支えられる、と思いつつ目を上げると、間近に泡を纏《まと》った乳首がぷるっと美味しそうに実っており、しゃぶりつきたくて喉《のど》が鳴る。

ただ泡だらけなので口には含めず、鼻先で乳頭を押すようにつつき、左右に顔を振ってくすぐって笑わせてから、また指で摘まむ。

可愛い乳首を揉みしだきながら、反対の掌で反り返る性器を擦りたて、下生《したば》えも泡まみれにして陰嚢《いんのう》や後孔《こうこう》まで泡を塗りひろげる。

「ひ、あぁ、や、ど、どうしよ……、お風呂場って、声が……っ」

響いちゃう、と戸惑ったように訴えながら、必死に肩を摑み、脚の間を弄りまわす匠馬の手から逃れるように腰を後ろに突きだす薫に余計興奮する。

「じゃあ、またキスで声を隠そうか」

うなじに手をかけて引き寄せると、こくこく頷いて薫のほうから唇を合わせてくる。

「ンッ…ふ、……んっ、うぅん……っ！」

舌を絡ませあいながら、奥を指で辿られて腰をくねらせて悶えるエロ可愛い後ろ姿を横目で鏡越しに覗き見る。

「あっ、はぁ……、ちょ、待って、匠馬く…、僕も、匠馬くんのを…触りたい……」

はぁはぁと息を上げて唇を外し、肩にすがっていた片手を下ろしてビキビキに完勃ちした性器に触れられる。

「ん……っ」と思わず快感に息を止めると、薫は上気《じょうき》した顔で魅入《みい》られたようにそこを凝視しながら床に両膝をついた。

ド近眼でもそこまで近づいて見ないだろう、というほど顔を寄せられ、

「……やっぱり、すごくかっこいい……。匠馬くんのここって、『怒張《どちょう》』とか『剛槍《ごうそう》』とか『雄茎《ゆうけい》』とか『熱塊《ねっかい》』とか、漢字二文字が似合うよね……」

とうっとりと呟かれ、そんな釘付けに鑑賞されるとめちゃくちゃ恥ずかしいし、それは誉め言葉なんだろうか、と若干《じゃっかん》迷う。

「このかっこいい『巨根《きょこん》』の『一物《いちもつ》』、僕に洗わせて……？」

御曹司の言語感覚では誉め言葉らしく、感嘆の吐息を零《こぼ》しながらねだられ、できればほかの語彙《ごい》のほうがいいんだが、と思いつつ赤い顔で頷く。

薫はもう一度ボディソープを手に受けると、漢字二字が似合うらしい場所を両手で握りしめ、根元から尖端まで大事そうに何度も手を滑らせる。

古い官能小説のような語彙はともかく、丁寧な奉仕《ほうし》は文句なく気持ちよく、

「……はぁ……、すごく、いいよ、薫……」

と上ずりそうな声を必死に堪えて伝えると、薫もとろんとした声と眼差しで、

「ほんと……？　僕も触ってるだけで気持ちいいし、興奮する……」

と吐息まじりに囁く。

ガチガチに張り詰めた茎をぬめる手で擦りながら、指先を縦笛《たてぶえ》や鍵盤《けんばん》でも鳴らすようにパラパラと動かしたり、さっき匠馬が施《ほどこ》したことを真似て、根元を握って反対の掌で尖端を撫でまわしたり、嚢《ふくろ》を捏ねて中の珠を揉み転がしたり、下生えを泡だてたり、熱心に尽くされる。

昨夜から何度も互いの身体に触れあい、探りあい、いい場所や好きな場所を見つけあったが、感じる場所じゃなくても、薫にはどこを触られても嬉しくて気持ちよかった。

手を添えられるだけで嬉しくて滾《たぎ》るのに、敏感な場所を丹念《たんねん》に愛撫されたらたまらなくて、あっという間に限界まで昂《たかぶ》ってしまう。

いま達《い》ったら薫の顔にかかってしまう、と焦ったとき、薫が手を止め、上目で見上げてきた。

「ねえ匠馬くん……、触るだけでもすごく気持ちいいけど、やっぱり……、僕の中も、これで気持ちよくして……？」

つぅっと裏筋を撫でながらねだられ、その刺激と声と眼差しだけで危うく達きかける。

匠馬はゴクッと息を飲んで立ち上がり、跪《ひざまず》いていた薫の両脇に手を入れて立たせ、そのまま壁ドンして壁に背を預けさせる。

片手でシャワーを外して互いの泡を流し、水音があったほうが声が誤魔化《ごまか》せるかも、とシャワーを止めずにフックに戻す。

ボディソープよりコンディショナーのほうが粘膜《ねんまく》への刺激が少ないかも、と潤滑剤《じゅんかつざい》がわりにコンディショナーを片手に受け、壁ドンしていた右腕で薫の左脚を掬いあげてもう一度壁に手をつく。

バレエのポーズのように片脚を高く上げさせ、無防備に晒《さら》された後孔をぬめった指でまさぐる。

「ここ、痛くない……？　滲《し》みたりは……？」

くちゅくちゅと指で中を拡げながら問うと、薫は喘《あえ》ぎながら首を振る。

「う、ううん、平気……、あっ、そこ、いぃ……っ、あぅ、ん……！」

首に両腕ですがりつかれ、痙攣《けいれん》するように纏いつく内襞で指を締めつけられたら、指じゃないものでその感触を味わいたくて我慢がきかなくなる。

指を引き抜き、自分のものにもコンディショナーを塗りつけ、尖端を入口に押し当てる。

「薫、もう挿れたい。いい……？」

「う、うん、挿れて……、匠馬くんの、早く欲しい……」

箱入りのくせにおねだり上手なところもたまらず、ひくひくと開閉する蕾《つぼみ》にずぶりと突き入れる。

「ンッ、ンンンーッ……！」

匠馬の肩口に唇を押し付けて悲鳴を堪える薫の髪になだめるように口づけ、

「……薫……、痛くない……？」

と確かめる。

いくら薫本人が何度でも気絶するまでしていいと許可してくれても、明け方まで長時間抽《ちゅう》挿《そう》した場所が擦れてまだ辛いかもしれず、苦痛を我慢させるくらいなら後孔は使わず指や素股《すまた》でもいいと思った。

ただ初めて入れてもらったとき、この世にこんな最高の場所があるのかと脳天を一撃されるような快感を味わい、一度ではとても足りずに何度も欲しがってしまったが、いまも尖端だけおさめた部分がえも言われぬ心地よさで、強引に奥までねじこみたい衝動と必死に戦う。

自分の快楽ばかり追って、薫に我慢を強《し》いるのは本意ではないので、なんとか入口に留まって意向を確かめると、薫は肩口に埋めていた顔を上げ、はふっと息を継いでから「……平気」と首を振る。

薫は浅い息をしながら肩に回していた片腕をほどき、片脚で爪先立ちした脚の間に手を伸ばす。

そっと繋がった部分を撫で、するりとまだ外にある匠馬の性器に指の股《また》を滑らせ、

「……僕は大丈夫だから、この根元まで全部挿れて……？　もっと奥まで……、僕の中を匠馬くんので埋め尽くされたい……」

シャワーの水音で聞き逃したら後悔するような声音で囁かれ、脳の血管のどこかが破裂した

気がするほど興奮する。

純真なくせにエロい囁きを紡《つむ》ぐ唇を噛みつくように塞《ふさ》ぎ、爪先立ちの右脚も掬いあげ、身体ごと持ち上げるようにぐぐっと腰を突きあげる。

「ウ、ウゥンン――……ッ！」

壁に押し付けながら最奥《さいおう》まで押し入れると、両脚が浮いた不安定な体位のせいかぎゅうっと中の締めつけがきつくなる。

動かなくても死にそうに気持ちよくて、深く串刺《くしざ》しにしたままシャワーに打たれながら舌を絡めあう。

落ちないようにきつくしがみついてくる薫の乳首や勃起《ぼっき》した性器が胸や腹に密着し、両手が塞がっていて使えないので身体の前面を上下に揺らして肌で刺激し、繋がった腰もゆるく蠢《うごめ》かせる。

激しく動いて万が一にも薫を滑り落としたくないので、宙に浮かせた身体を壁と自分の身体でしっかり挟み、わずかに腰を引いてはズンと突きあげる動きを繰り返す。

これだけでも充分気持ちよく、しばらくゆったり腰をグラインドさせて出入りしていると、薫が匠馬の腰に回してクロスさせた踵《かかと》でもっととねだるように軽く蹴《け》ってきて、自分でも尻を揺すりだす。

昨日が初体験の童貞処女だったはずなのに上達が早すぎるのではとすこし思ったが、元々薫は何事もちょっと練習すればすぐコツを摑んでマスターするタイプだったし、恋人が欲望に忠実なのはただありがたく喜ばしいだけでなんの文句もない。

白桃《はくとう》のような尻をうねらせ、きゅうきゅう内襞で締めつけてくるエロい身体と、落ちないようにぎゅっとすがりついてくる可愛い仕草のどちらも魅惑的で抗《あらが》えず、

「薫、もっと本気で突くから、しっかり摑まってて」

と欲情に掠《かす》れた声で告げると、こくんと頷いてさらに強く手足を絡《から》めてくる。

薫の身体を抱え直し、唇を塞ぎながら深い場所にいた性器を入口近くまで引き抜き、ずばんと速い動きで奥まで突きあげる。

「ンッ、ンゥーッ……！」

シャワーの音で搔《か》き消されるだろうと、遠慮なくぐちゅんばちゅんと激しい音を立てて性器を押し込んでは引き抜くたび薫の爪先《つまさき》が宙で大きく跳ねる。

何度味わっても「最高」以外の言葉が浮かばない薫の身体に溺《おぼ》れきり、いつまでも終わりたくない気持ちと早く達きたい気持ちの間で揺れながら腰を遣う。

限界まで揺れあって、唇を結びあわせたままほぼ同時に達し、シャワーの湯と汗でびしょぬれの身体をさらに白濁《はくだく》で濡らしあう。

「……き、きもちよかった……」

「……うん、最高だった……」

シャワーの雨に打たれながら、ふたりしてぜいぜいと荒い息でしばし放心してからようやく薫の中から抜け出ると、足を床に下ろした途端、薫はへにゃっと力尽きて倒れこみそうになった。

慌てて抱きとめ、汗や精液を流してからバスタオルで包み、姫抱っこで布団に運ぶ。

そっと横たえて、裸の薫にTシャツや下着を穿《は》かせていると、

「ありがとう、匠馬くん。ごめんね、僕がしたがったのにまたバテちゃって」

と恐縮そうに詫《わ》びられ、「いや、俺も無茶させたし」とフォローする。

へたばる薫の濡れた前髪を手櫛《てぐし》で軽く整え、専属柔道整復師としてマッサージしてやろうか、と声をかけると、

「……それは、すごくしてほしいけど、いまはちょっと……匠馬くんに丁寧にあちこち触られたら、ただのマッサージでも絶対また性的な気分になっちゃうに決まってるし、これ以上したらほんとに明日立てなくなっちゃうから、いまは遠慮しとくよ……」

と赤い顔で固辞《こじ》される。

いや、性的な触り方なんてしないけど、と思ったが、もうすこし事後の余韻《よいん》が醒《さ》めてからのほうがいいのかな、と頷いて隣に横たわる。

リモコンで部屋の電気を消して普通に添い寝で寝ようとすると、薫がこてっと肩に頭をくっつけてきた。

「……ねえ匠馬くん、僕が妄想してたお風呂Hよりハードだったから腰が抜けちゃったけど、すごく悦《よ》かったから、遠慮しないでまたやってね」

上腕《じょうわん》に頬ずりしながら囁かれ、いますぐリクエストに応《こた》えたい気持ちと戦うのが大変だった。


「匠馬《しょうま》くん、おかえりなさい！　今日は『蒸しなす』を作ったんだよ」

木曜の夜、仕事から戻ると薫《かおる》がまた匠馬のエプロンをつけて出迎えてくれた。

薫は元々自宅でも読書したり詩作したり絵を描いたり、楽器を弾いたり歌ったり踊ったり、基本的にインドアで趣味に生きる高等遊民《こうとうゆうみん》なので、日中匠馬がいない間も本棚の本を読んだり、親とビデオ通話したり、西久保《にしくぼ》に習って夕飯作りに勤《いそ》しんだり、なんだかんだ退屈せずに過ごしているようだった。

手を洗ってテーブルに着き、

「どれどれ、薫の蒸しなすは……、お、今日も立派な一品になってるじゃんか」

とたくさん並んだ西久保手製のおかずの中から薫の蒸しなすに目を止めて言うと、薫は品のいいドヤ顔をする。

「やっぱり？　蒸しなすって食べたことないんだけど、ちゃんとできてるっぽいよね？　これはね、なすを水で濡らしてラップで巻いて六分チンして、柔らかくなったら手で裂いて、ポン酢《ず》とめんつゆをかけて、仕上げにかつお節《ぶし》を載せるだけなんだけど、初日からしたら進歩してると思わない？」

「うん、目覚ましい進歩だよ」

卵かけご飯の卵あたためからのスタートだったので、当分似たようなものかもしれないと思っていたが、日を追うごとにまともなメニューを出してくれ、本当にすごい進歩だと本気で感心している。

「あと今日は炊飯器で作るエビピラフも僕の担当だったんだよ。まだ火と包丁は使わせてもらえないんだけど、西久保さんが材料を入れてボタンを押すだけで上手にできるレシピをいろいろ調べて教えてくれるんだ」

「簡単に作れてうまいのが一番だから、全然ＯＫだよ。毎日ありがとな」

主に調理するのは炊飯器や電子レンジだとしても、とろけるスライスチーズを四等分してカレー粉と砕《くだ》いたナッツを載せてチンしただけのカリカリチーズチップスでも、日頃庶民飯《しょみんめし》を食べたことがないのによく頑張ったじゃないか、と誉め称《たた》えたくなる。

簡単蒸しなすを美味《おい》しく食べながら、

「そうだ、薫、今日外間《ほかま》会長が来る日だったから、一応来週の二連休に実家に帰るって伝えたんだ。天気予報だと週明けに台風四号が接近するみたいだから、もし日曜に道場周辺の看板とか飛びそうなものの片付けとか窓に戸板を打ち付けるとか台風対策が必要な場合、呼び出されてもちょっと不在で手伝えないって伝えとこうと思って」

と昼間の話をする。

勤め先の外間会長は現役時代、オリンピック代表の補欠になったこともある元気な八十代の好々爺《こうこうや》で、市内にふたつの道場を開いており、隔日《かくじつ》で顔を出す。

連休で両親と交際相手の親に挨拶《あいさつ》に行くと話すと、慌ただしくとんぼ返りするのも大変だし、どうやら勢力が強いのろのろ台風のようだから、もしかしたら帰りの飛行機が飛ばないかもしれないし、道場も休みにする公算が大きいから、九月にもらうはずだった夏休みを前倒しにして一週間休んでいいと言ってくれた。

それを伝えると、「ほんと？　融通《ゆうずう》きかせてくれてよかったね」と薫がエビピラフを食べながら微笑《ほほえ》む。

「うん。でさ、ちょっと向こうでゆっくりするゆとりができたから、おまえとの約束を果たそうと思って」

匠馬がうっすら赤くなりながら言うと、「約束？」と薫がピンとこないような顔をする。

照れ隠しにコホンと咳払《せきばら》いしてから、

「だから、次のバレンタインに夜のメリーゴーランドで告白のやり直しをするって言っただろ。薫は二月まで待ちたくないって言ってたし、今回休みの間にやり直しさせてもらおうかなって」

と昼に長期休暇をもらえると言われてからひそかに計画していたことを告げると、薫は「えっ」と目を瞠《みは》り、ぽろっとスプーンを取り落とした。

今更改まって恋の告白なんてしなくても、もうとっくにプロポーズもして身体も結ばれた仲だし、ロマンチックな演出なんて柄ではないが、十六のときに吐いた失言は一度謝ったくらいでは帳消しにできないほど薫を傷つけた黒歴史なので、あの記憶を上書きできるようないい思い出を新たに作りたかった。

具体的な演出はまだ考え中だが、一応そのつもりでいることを伝えると、薫は「う」と大きな声を出した直後、ハッと壁の薄さを気にするように口を閉じ、声を出さずに（れ・し・い～～！）と唇の動きだけで叫ぶ。

薫も両想いになってからずっとテンションがおかしいが、素直に歓びや好意を示されて嫌なわけはなく、可愛さと愛《いと》おしさが込み上げる。

でも、こんなに楽しみにされると、ただ普通に好きだと言うくらいじゃ許されないな、とハードルが上がる。

ライトアップされた夜のメリーゴーランドに見合った素敵演出を考えなければ、とプレッシャーを感じながらきゅうりともずくのシークワーサー和《あ》えを食べていると、

「そうだ、僕も匠馬くんに話したいことがあったんだ。あのね、今日懐かしい人から連絡があったんだよ。高校のときに現国を教わってた宮原《みやはら》先生って覚えてる？」

と薫がにこやかに言った。

みやはら……と匠馬はもぐもぐ咀嚼《そしゃく》しながら記憶を辿《たど》り、「あっ！」と目を瞠《みは》って叫んだ。

「宮原先生って、あの宮原先生⁉　もちろん覚えてるよ」

卒業以来五年ぶりに聞いた名前だったが、なかなかに忘れ難《がた》い印象を残した先生だったので、すぐに思い出せた。

宮原隆《たかし》先生は身近で初めて出会ったトランスジェンダーで、元は巨漢の中年男性だったが、ある日女装で授業に現れ、昔から心は女性で、これからは本当の自分として生きていきたいとカミングアウトし、生徒よりも保護者がネガティブに反応して大騒動に発展した。

匠馬はその頃薫への叶わぬ片想いを絶賛こじらせ中で、男同士の恋なんてまともじゃないし、消せるものなら消すべきかも、と葛藤《かっとう》も抱えていたが、人がどう思おうと自分の信じる道を歩めばいいという宮原先生の姿勢に勇気をもらい、吹っ切れた。

心の恩師とも呼べる先生だったのに、性的マイノリティーに理解のない保護者たちの排斥《はいせき》運動で先生は退職を余儀《よぎ》なくされ、その後消息を聞くこともなかったので、いま薫から久々に名前を聞いて驚いた。

「けど、先生が薫に連絡してくるって、どうして？　文芸部関連のことかなにか？」

薫は高校でも帰宅部だったが、文芸部員だった湯ノ上《ゆのうえ》と親しかったので、頼まれて会報に詩を書いたり、フランス語の現代詩の訳詩《やくし》を載せたりしており、顧問の宮原先生と授業以外にも交流があった。

「それがね、先生、いま新宿のゴールデン街で哲学バーのママをしているそうなんだけど、たまたまお客さんが僕の婚活動画を見てて『すごい浮世離れしたボンボンとお嬢様がいる』って面白がって見せてくれたんだって。それで『この子、昔の教え子よ！』ってびっくりして、ほかの動画も全部見てくれて、懐かしくなって連絡くれたんだって」

「へえ、マジか。あの意味不明のヤラセ動画が先生との橋渡しになるなんて、俺もびっくりだよ」

どこで繋がるかわからないもんだな、と感心して言うと、薫も笑って頷く。

「それでビデオチャットでおしゃべりして、久々に先生と話せて楽しかった。先生ね、最近初めて恋人ができたんだって。お相手はお店の常連さんで、前から素敵な人だなって気になってたんだけど、相手はゲイだけど認められずに女性と結婚してて、でもうまくいかずに離婚しちゃったそうで、相手のほうから告白されてめちゃくちゃ嬉しかったんだけど、前の奥さんがモデルみたいに綺麗な人だったから、自分じゃ元妻より見劣りするし、長続きしないかもってぐるぐる迷ってすぐにいい返事はできなかったんだって。でも相手の人が、これまで自分はずっと表面を取り繕《つくろ》って生きてきたけど、あなたといると自然体でいられるし、ずっと一緒にいたい相手は優しくて楽しくて心和《なご》む、ありのままのあなたなんだって真剣に言ってくれて、OKすることにしたって言ってたよ」

「へえ、なんかちょっとしたドラマみたいだな」

そう相槌《あいづち》を打ちながら、なかなかグッとくる台詞《セリフ》だし、自分の告白にアレンジできないかとひそかに考えていると、

「うん、先生、もう少女みたいに嬉しそうで、先生のなれそめを聞いてたら、ついお返しに僕も惚気《のろけ》たくなっちゃって、実は僕も最近恋人ができたんですって言っちゃった」

と薫がはにかみながら言った。

「え」

五年ぶりに再会した恩師になに言ってんだ、向こうも五年ぶりに連絡を取った教え子に詳細な恋の顚末《てんまつ》をしゃべってるけど、と驚いていると、

「大丈夫だよ、相手が匠馬くんとは言ってないから。小さい頃からいつもそばにいてくれた幼馴染で、背が高くて柔道部の副将もしてて、体育祭で僕がチアガールしたとき学ラン着てめちゃくちゃかっこいい応援団長やってて、お父さんがシェフだから料理も得意で、行事ごとでクラスで調理するときはいつもメインの調理係で、高二の夏休みの現国の課題で犯人が明示《めいじ》されないミステリードラマの結末を短篇小説にする課題では、すべての事件はアルツハイマー治療薬の新薬《しんやく》の治験《ちけん》を受けていたモグラが見た夢だったっていう力業《ちからわざ》の課題を提出した人とは言ったけど」

とにこやかに言われ、「いや、それ先生の記憶力がよければモロ俺だってわかるヒントだろ」

と呆れてつっこむ。

いまだに昔の課題の内容まで覚えてるなんて驚くが、そこまで好きだったのかと満更でもないし、宮原先生になら関係を知られても構わないが、なに張り合ってしゃべってるんだか、と呆れ笑いを漏らす。

「じゃあ、もう先生には薄々バレてるっぽいし、来週東京に帰ったら、休みのどこかで宮原先生に会いに行こうか」

そう言うと、薫は「うん、是非《ぜひ》行こうね！」とはしゃいだ声を出す。

宮原先生との五年ぶりの再会は、普通に哲学バーでしっぽり酒など酌《く》み交わすのかと思っていたが、九石《さざらし》財閥の御曹司《おんぞうし》が絡むとそんな普通の再会にはならないと匠馬は翌週思い知るのだった。


土曜日の夜、宮古《みやこ》空港から飛び立ったチャーター機の乗客は、匠馬と薫、西久保と米田《よねだ》の四人だけで、乗客よりCAのほうが多い、申し訳ないほど快適な空の旅だった。

もちろん最初は単身島に来たときと同様に格安航空券を予約したが、米田たちに「それはおやめください」と速攻でキャンセルされてしまい、薫のために用意されたチャーター機に同乗して帰省するよう求められ、ここで余計な我《が》を張ってひとりでエコノミーに乗るのも逆に感じ悪いし、これからは薫と同等のハイクラスな扱いに慣れなきゃいけないのかも、と逆らわずに席が十席くらいしかない豪華な機内に乗り込んだ。

羽田《はねだ》に着いたのが夜の十時で、米田の運転で九石邸に戻り、翌日傑《すぐる》たちに正式に挨拶するまで一応別々に家に帰ることにして、薫は自宅に、匠馬は藤平《ふじひら》家に向かった。

遅く着くから寝てていいと連絡しておいたが、両親は起きて待っていてくれ、匠馬は内心やや緊張しながらふたりに宮古島みやげの雪塩《ゆきしお》や宮古みそ、さとうきびシロップなどを渡して席につく。

先週薫と結ばれてすぐにLINEでざっくり事情を打ち明け、来週帰ったときに直接詳しく話すからと伝えると、『わかった。話はそのときに』と比較的冷静な返事をもらった。

薫は「たぶんふたりならわかってくれるよ」と楽観的で、自分もそう思いたいが、いくら普段はのんき者の両親でも、ひとり息子が雇《やと》い主の息子と恋仲になったと聞けば、親としても仕事の立場的にも複雑だろうし、反対される可能性がゼロとは言えない。

でももし反対されても絶対に譲《ゆず》れないし、できれば理解してほしいので、頑張って説得しなければ、と気負いながら、匠馬は向かいの生馬《いくま》と聡美《さとみ》に切り出した。

「父さん母さん、こないだLINEで伝えたとおり、薫と真剣交際を始めた。俺は子供の頃からずっと薫が好きで、一時期こじれたけど、大学のとき資格取りまくったのも使用人としてでも一生薫のそばにいたかったからで、それが叶いそうもないから宮古島に行ったんだ。ずっと薫は蒼馬《そうま》兄ちゃんのことが好きなんだって誤解してて、こっぴどく邪魔して親友でもいられなくなって、失恋したと思い込んでたんだけど、実は薫のほうも同じ気持ちだったってわかったんだ。俺はこのさきもずっと薫と一緒にいたい。薫もそう望んでくれてるし、傑さんとも電話で話して、『薫を頼むね』って許可ももらってる。俺に女性との結婚や孫を期待してたかもしれないけど、応《こた》えられないし、薫以外いらないんだ。息子が男と事実婚するなんて受け入れがたいかもしれないけど、どうかわかってください」

懸命に真意を伝え、がばりと頭を下げる。

両親とも薫のことを雇用主の息子として可愛がって大切にしているが、この件に限っては『薫坊ちゃまのお望みどおりに』とすんなり言ってくれるかどうかわからず、息を殺して返事を待つ。

しばしの間のあと、聡美が口を開いた。

「……たしかに赤ちゃんの頃から、ふたりの小指には赤い注連縄《しめなわ》でも結ばれてるんじゃないかってくらい、お互いに大好きだったものね」

そうしみじみと言い、膝の上からかなりの厚みのある封筒を取り上げてテーブルの上に置いた。

「これね、先週宮古島から速達で届いたの。便箋《びんせん》六十枚にわたって、薫坊ちゃまがどれほど匠馬のことが好きだったか、想いが叶ってどれだけ幸せか迸《ほとばし》るように書いてあってね、もうこんなの読んだら反対なんてとてもできないわ。ここまで匠馬を愛してくれる人なんてきっともう一生現れないだろうって思ったし、こんなに全身全霊で愛されて羨《うらや》ましいくらいだし、自分の息子が誰かにこんなに好きになってもらえるなんて親として誇《ほこ》らしいと思ったわ」

「え……、薫がそんな手紙を……？」

いつのまにかそんな大作《たいさく》の手紙を書いて両親に送っていたなんてまったくの初耳だったし、のんびりレンジ料理を覚えたりして気ままに過ごしていると思っていたのに、便箋六十枚も想いを綴《つづ》って両親の理解を得ようとしてくれたと知り、胸が熱くなる。

生馬も目尻に笑い皺《じわ》を刻み、

「ほんとにちょっとした短篇くらいある手紙で驚いたよ。坊ちゃまにバレンタインのチョコの作り方を教えてと頼まれたときから、ただの親友以上に匠馬を想ってるのかな、と思ってたんだが、それから距離ができたようだから、匠馬は友情止まりだったのかなと傍観《ぼうかん》してたんだ。でも違ったようだし、旦那様たちもお認めになっているし、父さんたちも余計な口出しをする気はないよ。……坊ちゃまの手紙に『絶対にふたりで幸せになるので、匠馬くんを僕にください』って書いてあって、うっかり匠馬が嫁に行く想像して笑っちゃったけどな。俺も聡美も、相手が誰であれ、おまえの人生なんだから、悔いのないように本気で好きな人と結ばれて幸せになってほしいと思うだけだよ」

と本心からの声音で言ってくれ、ふたりが自分の幸せを一番に考えて肯定してくれる気持ちが伝わって、胸が詰まって思わず泣けてきそうになる。

「……父さん、……母さんも、ふたりとも、ありがとう……」

やっぱり俺は親ガチャに当たったと改めて噛みしめながらもう一度深く頭を下げると、生馬が「ただし」と言葉を継《つ》いだ。

「おまえは幼馴染として普通につきあってきたから麻痺《まひ》してるかもしれんが、薫坊ちゃまはそんじょそこらの高嶺《たかね》の花じゃなく、天下の九石財閥の御曹司だから、坊ちゃまを選んだからには死んでも幸せにしないといけないぞ。万が一おまえが浮気でもして薫坊ちゃまを裏切るようなことがあれば、即旦那様の命《めい》で暗殺されると肝《きも》に銘《めい》じておけ」

そう釘《くぎ》を刺され、絶対浮気なんてしないからそれは大丈夫だけど、薫の誘惑に乗り過ぎてエロ窶《やつ》れで痩《や》せ衰《おとろ》えさせたりしたら、「うちの薫を殺す気か……！」と逆さ吊りで血抜きされるくらいはありえそうだから気をつけよう、と心に刻んだ。


両親の理解も得られ、翌日新調のスーツを着て九石邸を訪ねると、出迎えてくれた薫が「わあ匠馬くん、それ初めて見るスーツだよね。写真撮らせて！」とスマホを取りだす。

紳士服量販店の吊るしだし、元々写真を撮られるのが苦手なのに、そっくりそのままハリウッドの本格宮廷歴史物の映画のセットに使えそうなエントランスホールでバシャバシャ連写され、レンズに掌《てのひら》を向けて「やめろって」と窘《たしな》める。

「これから傑さんたちに真剣に挨拶しなきゃいけないのに、ふざけてるみたいだろ」

周りに執事やメイドもおり、いくら見て見ぬふりをしてくれていても恥ずかしい。

それに傑たちは土下座して懇願《こんがん》したりしなくてもすでに婿入《むこい》りを承知してくれているとはいえ、多少の緊張はある。

薫はくすっと笑い、

「もう真面目なんだから。そんなに固くなることないから大丈夫だよ。お父様もお母様も気が早いから、僕たちの結婚式のプランをいろいろ考えてくれてて、いまうちの庭の森の中にチャペル建ててくれてるし」

と耳を疑うことをさらっと言われ、「はあ⁉　チャペル⁉」と匠馬はぎょっと目を剝《む》いて叫ぶ。

薫はにこやかに頷き、

「最初はうちの両親が結婚式を挙げた聖レリクス教会を勧めてくれたんだけど、匠馬くんは照れ屋だから、あんな都心の目立つ教会じゃなく、もっとこぢんまりした場所じゃないと嫌がるかもしれないって言ったら、じゃあうちの敷地内ならいいだろうって、先週から着工《ちゃっこう》して、いま半分くらい出来てるみたい」

と事もなげに言われ、顎《あご》が外れそうになる。

いくら溺愛《できあい》する息子の晴れ姿を見るのが趣味でも、一度しか使わない結婚式のためにわざわざチャペルを建てるなんてありえないし、そもそも男同士なのに結婚式を挙げるという発想自体いかがなものかと思う。

庶民の価値観と金銭感覚とはまったく相いれないが、百歩譲って義父母孝行のために式を挙げるとしても、新たにチャペルを建設しなくても九石邸のホールでもボウルルームでも庭園でも映《ば》えスポットはいくらでもあるし、衣装だってレンタルでいいのに、この分では有名デザイナーにオーダーメイドで作らせたり、指輪も百カラットくらいのダイヤとか、新婚旅行も世界一周の豪華客船を貸し切りとか、なんなら宇宙旅行くらい善意で用意されてしまうかもしれない、と頭を抱えたくなる。

全部自分たちでできる範囲でするのでお気遣いは結構です、と言いたいが、もう半分建ててしまったチャペルを今更「いりませんから、建てないでください」とも言えない。

これからはこういうのに慣れなきゃいけないんだと昨日のチャーター機の中でも己に言い聞かせたが、自分の庶民脳がセレブ脳に近づく日が来るとはとても思えなかった。

すでにどっと疲れながら傑と碧《みどり》の待つ豪奢《ごうしゃ》で優美なリビングルームに着くと、

「やあ匠馬くん、私を『お義父《とう》さん』と呼んでくれて構わないよ」

「わたくしは『碧さん』がいいわ。匠馬さんには『お義母《かあ》さん』ではなく名前で呼ばれたいの

よ」

などとまだパートナーシップの申請もしていないのににこやかに婿扱いされる。

ありがたいけど、やっぱり気が早い、と思いながら匠馬は居住まいを正し、深く一礼してから顔を上げた。

「お言葉に甘えて、お義父さんと碧さんと呼ばせていただきます。このたびは薫…くんとの仲を認めてくださり、本当にありがとうございました。九石家の御曹司が身分違いの男をパートナーに選ぶなんて本来ありえない話で、問答無用で阻止《そし》されてもおかしくないのに、おふたりは寛大《かんだい》に普通のことのように受け入れてくださって、本当に感謝しています。一時期誤解で薫くんを傷つけたことは猛省《もうせい》しておりますし、この先は二度と薫くんを泣かせるようなことはしません。全力で一生大切にすると誓います。庶民の不束者《ふつつかもの》ですが、薫くんの伴侶《はんりょ》として、そしてお義父さんと碧さんにとってもいい義理の息子になれるよう頑張りますので、どうぞよろしくお願いいたします」

きっぱり言ってもう一度頭を下げると、「匠馬くん……」と隣から薫が感激した声を出す。

碧にも「匠馬さん、お顔を上げて」と感慨深そうな声音で呼びかけられ、

「あなたのことは、十八年前の悪夢の誘拐事件のときに薫の心を守ってくれた大恩人だと思っているの。その後もミニSPとして尽くしてくれて、ずっと信頼できるいい子だと思ってきたし、薫から一生添い遂げたいのは匠馬くんだけだと言われて、あなたになら薫を安心して託せ

ると思えたの。末永く愛してあげてちょうだいね」

と微笑まれ、「はい……！」と両手の拳《こぶし》に力をこめて頷く。

傑も鷹揚《おうよう》な笑みを浮かべ、

「自分の息子の願いだから、なんでもかんでも無条件に受け入れようと思っているわけじゃなく、相手が君だから許したんだよ。……さあ、チャペルの工事を急がせないといけないし、披《ひ》露宴《ろうえん》はいつにしようか。私と碧のときと同じエンプレスホテルの鳳凰《ほうおう》の間を押さえてあげるからね。藤平家側の招待客がうちより少ないとバランスが悪くなるから、幼稚舎からのクラスメイト全員とその家族をお招きしようか。そうだ、同じクラスに歌手で俳優の真中旬《まなかしゅん》くんがいたね。是非ウェディングソングを歌ってもらえないかオファーしてみよう。その前に養子縁組も済ませないと。ふたりのために同性婚の法制化を急がせるように与党に働きかけてるんだが、頭の固い連中が多くてね」

と滑《なめ》らかに告げられ、匠馬はふたたび顎が外れそうになる。

「ちょ、お義父さん、待ってください……！　ご配慮は本当に嬉しいんですが、そんな大勢のお客さんを招いての大規模な披露宴なんてとんでもないです。まだ薫くんと相談もしてないし、これからふたりで話し合って決めさせてもらえないかと……。俺は正直式も披露宴も恥ずかしいからしなくていいし、するとしても本当に祝ってほしい身内や友人だけで充分なので」

ここで抗《あらが》わなければ会ったこともない政財界の大物や各界の著名人が雁首《がんくび》揃えた一大社交場

のような場になるだろうし、同級生の前で見世物になるなんて死んでも避けたい。

必死の形相《ぎょうそう》で訴えると、薫は匠馬の顔を見てから傑に目を戻し、

「お父様、お父様とお母様の思い出の会場で僕たちにも立派な披露宴を開いてあげたいというお気持ちはありがたくいただきますが、匠馬くんは堅実な常識人なので、派手な披露宴は遠慮させてください。それにいくらお父様のお知り合いでも、みんながみんなお父様たちのように心から僕たちを祝福してくれる方ばかりとは限りませんし、匠馬くんが好奇の目に晒《さら》されたり、陰で嫌なことを言われたり書かれたりするのは耐えがたいので」

と柔らかな口調ではっきりと言ってくれ、やっぱりおまえは突拍子《とっぴょうし》もないセレブでも、まともなところも残ってるから、これからもすり合わせながらベストパートナーとしてやっていける気がする、と改めて思う。

「そうか……」とやや残念そうにしつつも、「じゃあ、地味な内輪の会でもいいから、私たちも招《よ》んでおくれよ。薫の晴れ姿を見逃したくないから」と一応傑は譲歩してくれた。

そのあと、今後の生活について相談し、来年の三月まで匠馬は宮古島で柔道教室を辞めずに勤めたいので、薫は半月ずつ東京と宮古島を行き来して両親を淋しがらせないようにすることや、いまは匠馬の住民票が宮古島にあるので、パートナーシップの誓約は来年こちらに戻ってから提出し、傑がそれまでにさらに政府に同性婚の法制化を促《うなが》すことや、その後はふたりで九石家に住み、匠馬は九石家や財団関連の仕事で在宅でできる業務を担《にな》うという取り決めをした。

明日の夕食を九石家と藤平家での改まった顔合わせの食事会にするという約束をして、傑たちへの挨拶を終え、匠馬たちは連れだって薫の部屋へと向かった。

ネクタイを緩《ゆる》めて「はあ〜！」と大きく息を吐きながらソファに倒れ込む。

「……ひとまず無事挨拶できてよかったけど、いろいろ参ったな……」

予想以上に前のめりな傑たちに毒気を抜かれて呟くと、薫が済まなそうに隣に掛けて謝ってくる。

「お疲れ様、匠馬くん。ごめんね、お父様たち、勝手に式とか披露宴とかぐいぐい気合い入れちゃってて」

「いや、ありがたいことはありがたいんだけどさ。あんなに手放しで受け入れてもらえて、大反対されるより全然いいんだけど、俺が庶民すぎて、ちょっとついていけなくて……」

来年この家に同居するようになれば、もっと傑と碧と関わりが多くなるし、よかれと思って贅《ぜい》を尽くしてくれようとするのを無下《むげ》に断ると気持ちを蔑《ないがし》ろにするみたいで傷つけるだろうし、適度に甘えたり、自分で許せる範囲まで寄せたり、なんとか折り合いをつける術《すべ》を身につけなくては、と婿として思う。

「もう一度お父様たちにもうすこし僕たちに任せて見守ってくれるようにお願いしておくね。……でも、さっき匠馬くんがお父様たちに言ってくれた言葉を聞いて、ほんとに真剣に僕を想ってくれてて、生涯を共にしてくれる気なんだって改めてわかって、すごく嬉しくて感激しちゃった……」

うっすら瞳を潤《うる》ませ、頬もピンクに染めて告げられ、匠馬は背もたれに預けていた半身を起こし、薫の頬に片手を伸ばす。

「そりゃ、真剣に決まってるだろ。冗談で親に挨拶なんてできないよ。……でも、じゃあ薫、さっきの台詞でそんなに感激してくれたんだったら、もう夜のメリーゴーランドでの告白のやり直しは省略していいか？」

さっきの言葉以上の感動を与えられる自信がなかったので、思わず中止のお伺いを立てると、薫は瞬時に眉を寄せ、ぷぅっと唇を尖らせて首を振った。

「絶対ダメ。それとこれとは話が別だし、すごく楽しみにしてるんだから、ちゃんとやって。あのとき本当はこんな風に匠馬くんに言ってほしかったって、あれから何度も脳内でシミュレーションしてきたし、本物の匠馬くんにちゃんと訂正してほしい。匠馬くんの口から聞く愛の言葉は、好きだとかおまえが大切だとか、おまえがいなければ生きていけないとか、生まれ変わっても愛してるとか、なにを言われても何度聞いても貴重で聞き飽きないから、絶対中止したらダメだからね」

いや、「おまえがいなければ生きていけない」なんて言ったことないだろ、と訂正しようとして、でも本当に薫を得られなければ死んだも同然の人生だから嘘ではないな、と思い直す。やり直しの中止を打診したせいで、余計ハードルを上げてしまったかも、と後悔しつつ、

「じゃあ、今夜決行するから、夜の七時にメリーゴーランドに来て。一応俺なりに頑張るけど、おまえの理想に届かなくても文句言うなよ」

そう赤くなりながら言うと、

「大丈夫。僕匠馬くんには判定が甘いし、匠馬くんはなんだかんだやればできる子だから」

とにっこり笑ってプレッシャーをかけられた。


スーツのままではさすがに気合い入りすぎみたいで気恥ずかしいので、襟《えり》と胸ポケットが茶色の革素材で身頃《みごろ》が水色の半袖《はんそで》シャツと綺麗めデニムに着替えて約束の十五分前にメリーゴーランドに向かう。

ライトアップのイルミネーションがちゃんと点灯するか確かめ、BGMにあのときと同じ『星に願いを』のオルゴール曲を流し、告白用に準備した小道具を仕込む。

趣味で詩作をしたりする薫と違って詩的な表現なんて思いつかないので、飾りのない普通の言葉でも想いを込めて伝えようと思いながら、手近な黒い木馬の鐙《あぶみ》に片脚をかけてすこし高い位置から周りを見回す。

これで一緒に遊んでいた頃、薫が馬車に座ると絵本に出てくるお姫様みたいに可愛いと思ったな、などと懐かしく思い出しながら馬車や木馬を眺めていると、「匠馬くん！」と背後から薫の弾《はず》んだ声が近づいてくる。

来た、と内心そわっとしながら木馬から降りて芝生の上まで下り、薫のそばに向かう。ドレスこそ着ていないが、品のいいシャツとスラックスを纏《まと》った薫にはやはりどこか深窓《しんそう》の令嬢感が漂う。

今度こそ十六のときに本当はさせたくなかった悲しげな泣き顔ではなく、ぜひとも幸せそうな笑顔にしたい、と思いながら匠馬は言った。

「薫、今日はバレンタインじゃないけど、前にくれたチョコの御礼に、俺からもチョコを用意したんだ」

作戦がうまくいくように、と念じながら言うと、薫は「わあ、嬉しい。ありがとう」とにっこりする。

が、匠馬が手ぶらなのに気づき、「あれ、いまくれないの？」と不思議そうな顔をされ、

「実は、梨のチョコよりすごいチョコを作れる自信がなかったし、アパートで薫にバレないように作るのも難しかったから、市販のチョコを買ったんだ。せめて渡し方に凝《こ》ろうと思って、このメリーゴーランドのどこかに隠したから、探してみて。見ればすぐわかるところにあるから」

と言うと、薫は一瞬驚いたように目を瞠《みは》り、「宝探しの趣向《しゅこう》なんだね」と楽しそうに笑って、たたっと円盤《えんばん》の上に駆けあがる。

まず三台ある馬車の座面《ざめん》を探し、「あれ、ないな。箱とか紙袋に入ってるんじゃないの？」と振り返って問われ、「いや、剝《む》きだし」とにやにやしながら答える。

「えー、どこだろう。もうちょっとヒントくれない？」と横に五列連なる五十頭の木馬の間をきょろきょろしながら歩く薫に、「じゃあ、大ヒントで、真ん中の柱に仕込んでみた」と言うと、薫は中央の天使が何体も彫《ほ》られた柱を見上げる。

ラッパを吹いたり、弓を構えたり、両手に花飾りを持っていたりするたくさんの天使の像を順に眺めていた薫が「あっ、これかな？」と噴き出しながら一体に手を伸ばした。

小鳥を肩に乗せて竪琴《たてごと》を弾きながら歌っている天使の、「お」の形になった口におしゃぶり型のチョコに百均のおもちゃの口髭《くちひげ》をつけたものを咥《くわ》えさせておいた。

「当たり。それネットで見つけて、絶対薫にあげたいって思ったんだ。懐かしいだろ？　髭つきのおしゃぶり」

そう言うと、「めちゃくちゃ懐かしいよ。よく見つけたね、こんなチョコ」と薫は笑いながらフィルムを剝《は》がし、ぱくっとチョコのおしゃぶりを咥える。

赤子の頃と同様、髭をつけてもただ可愛いだけの薫にキュンとしながら、匠馬も芝生から円盤の上に乗り、ちゅうちゅうおしゃぶりチョコを吸う薫の手を取って場所を移動する。

子供の頃よく二人乗りした一角獣《いっかくじゅう》の尻尾《しっぽ》側に立ち、

「チョコのほかにもうひとつプレゼントがあるんだ。ヒントはすごく小さいもので、この一角獣のどこかに隠したから、見つけてみて」

と言うと、薫はおしゃぶりをしたまま目を瞠り、また面白がるように笑んで一角獣に手で触れながらゆっくりと視線と足を動かす。

毛並みや鞍《くら》や手綱《たづな》もリアルに彫られて塗られた馬身《ばしん》の片面を目視《もくし》で探しながら頭側に回り、正面から見上げた薫が「ンッ」とおしゃぶりをしたまま声を上げ、上に手を伸ばした。

角《つの》の尖端に嵌《は》めておいた白地に緑が混じる貝のリングを取り、（これ？）と目で問われ、匠馬は「大正解」と笑みかける。

「それ、宮古島の夜光貝《やこうがい》でできた指輪なんだ。島では昔から幸運のお守りとして大切な人に贈る風習があったんだって。貝だから割れやすくて、ずっとつけてると汗で変色したりするらしいし、あんまり実用的じゃないから、ちゃんとした結婚指輪もこれから給料三ヵ月分くらいのを用意するけど、俺にとって薫は闇夜でもキラキラまばゆく輝く光みたいな存在だから、これをプレゼントしたくて」

夜の庭にここだけ明るく浮かび上がるメリーゴーランドの上で、薫の掌から指輪を摘《つ》まみあげ、内側が見えるように持ち直す。

「内側に『K♡S』って見える？　KとSは薫と匠馬のイニシャルだけど、真ん中の『♡』はただのバカップルの『&』の意味じゃなくて、例の暗号だから」

充分バカップルかもしれないが、『これからもずっと、死ぬまで薫と一緒にいたい』というふたりだけの暗号を刻んだ指輪を、薫の左手を裏返して薬指にそっと滑らせる。

「髭のおしゃぶりをしてた頃も、この一角獣に一緒に跨《また》って遊んだ頃も、ずっと薫のことが好きだった。もちろんこれから先もずっと大好きだよ」

内心の照れを堪《こら》えて告げると、薫はじわりと瞳を潤ませて、わななく唇からおしゃぶりチョコを外し「匠馬くんっ！」と呼びながら抱きついてきた。

薫が何度も夢見たという理想の告白どおりじゃなくても、一応合格ラインはクリアしたらしい、と満足しながら抱きしめ返す。

「ありがとう、匠馬くん。匠馬くんこそ僕の道を照らしてくれる『夜光貝』だよ」

左手を匠馬の背から外し、改めて指輪を見つめて薫が感極まった声で言い、目を上げて背伸びしながら口づけてくる。

夢のように美しくロマンチックな場所で至福の甘いチョコ味のキスを味わいながら、思い出のBGMにうっとり耳を傾けていると、ふとオルゴールのメロディにかすかにブーンと羽音《はおと》のような音が混じっているのに気づく。

ん？　とキスを止めずに横目で庭に目をやると、数メートル離れた空中に小さな赤い点が見え、よく目を凝《こ》らすと黒い得体《えたい》のしれない物体が浮かんでいた。

「……なんだあれ……」

不審な物体が気になってキスを解いて呟くと、まだキスしていたかったのに、というような不満顔で薫がそちらに目をやり、はっと目を瞠った。

「ドローンだ……」

「え、ドローン？　なんで……？」

昔薫が操縦しているのを見たことがあるが、なぜいまそんなものが浮遊しているのかまったくわからずぽかんとしていると、薫がタッと芝生の上に走り下り、

「お父様でしょう？　それともお父様に頼まれた誰かですか？」

と周辺に向かって叫ぶ。

確信ありげな薫の言葉を聞いても、なぜ傑がいまドローンを飛ばすのかさっぱりわからず、もしかしたらセレブの変わった趣味のひとつで、凧上《たこあ》げみたいにドローンを上げて楽しんだりする習慣があるんだろうかと首をひねっていると、鈴蘭灯《すずらんとう》の光が届かない木立ちの陰から、案の定傑がコントローラーを手に照れ笑いしながら姿を現した。

「バレてしまったか。いい場面なのにお邪魔して済まなかったね。ちょっと接近しすぎてしまったようだ」

「いい場面」とか「お邪魔した」ということは、趣味でドローンを飛ばしていたら、偶然自分たちのキスシーンを見てしまったということなんだろうか、とかぁっと赤面して言葉に詰まっていると、薫が「お父様、まさか最初から撮影を……？」と聞き捨てならない追及をした。

「え、撮影……？」

咄嗟《とっさ》にドローンと撮影という言葉が結び付かず、怪訝《けげん》な顔で薫に問う。

どういうことかまだ摑めないが、傑が昔から薫の一挙手一投足《いっきょしゅいっとうそく》を撮影しまくっていたことはよく知っているし、まさかドローンにカメラを搭載《とうさい》して意図的に自分たちのやりとりを録画していたんだろうか、とやっと繫がって唖然とする。

あの赤い光は録画中の小型カメラの光かも、でもまさかそんなこと、と信じられない気持ちで傑に視線を向けると、傑は匠馬の視線を避けるように愛息《あいそく》に向かって言った。

「いや、実は、さっき薫が『今夜は匠馬くんから素敵な告白のやり直しをしてもらえるんだ』と大喜びしていたから、それは是非とも記念に映像に残してあげなくてはと思ってね。あらゆるアングルから撮っているから、あとで映画のように編集してあげようね。チョコ探しの場面も本当に可愛くて、髭のおしゃぶりを咥えた薫を大人になってからもう一度見られるなんて号《ごう》泣《きゅう》ものだったし、匠馬くんの言葉も私まで胸が熱くなってしまったよ。薫も何度でもこの日の思い出を眺めて幸せに浸《ひた》りたいだろうし、きっとあとで『あのときお父様がこっそり撮影していてくれてよかった』とパパに感謝すると思うよ」

いや、なに言ってるんだ、そんなこと思うわけないし、盗撮なんてありえないだろう、とあまりの所業《しょぎょう》に物も言えずにいると、「……それは、たしかにそうかも」と昔から撮られ慣れて麻痺している薫が傑に同調しそうになり、「いや、ダメだって！」と匠馬は慌てて首を振る。

義父とはうまくやりたいが、さすがにここまでプライバシーを侵害《しんがい》されて黙っているわけにはいかず、匠馬は傑に目を戻した。

「お義父さん、お義父さんが薫くんを溺愛して、どんな場面も記録に残して宝物にしたいお気持ちはよくわかります。でも失礼を承知で申しますが、たとえ親子でも無許可で撮影するのはルール違反だと思います。今後は『いまから撮るからね』と前もって声をかけていただけませんか。それで、もしその場面はちょっと、と僕らがお断りしたら、ご遠慮いただけたらありがたいです」

最初にはっきり申し入れておかないと、ふたりだけのプライベートなやりとりもすべて撮影されてしまうかもしれず、そんな非常識なハラスメント行為は断じて受け入れがたかった。

SPに続いて義父にまでキスシーンを見られ、薫以外には聞かれたくない甘い言葉まで聞かれて悶死《もんし》寸前だったが、羞恥《しゅうち》を堪えて真顔で伝えると、傑は良家の青年がそのまま年齢を重ねたような面立《おもだ》ちにやや傷心《しょうしん》の色を浮かべ、

「……わかった。つい昔からの習慣で、許可も得ずに嫌な思いをさせて失礼したね」

と神妙に詫《わ》びてくれた。

大富豪の権力者に盾《たて》つくなんて生意気だったかも、とやや気まずかったが、ここで折れるわけにはいかなかったし、傑は根は善人なので、たぶん今後は自粛《じしゅく》してくれるだろうと期待して匠馬は謝罪を受け入れた。

その晩、藤平家と九石家の自室にそれぞれ引きあげてから、薫とオンラインで話をした。

『匠馬くん、さっきは本当にごめんね。素敵な告白のやり直しの最中に、お父様のせいで雰囲気が台無しになっちゃって……』

無念そうに詫びられ、まあ、やり直し自体は喜んでもらえたみたいだからよかったけど、と思いながら、

「まさかドローン使って撮られるとは夢にも思ってなかったけど、これからはお義父さんも控えてくれるだろうし、もういいよ。……俺も九石家の婿になるなら、もっと腹括《くく》って、あれくらいのことはなんでもないってどーんと構えるべきなのかもしれないけど、俺まだ常識が残ってるもんだから、動揺しちゃって……」

と口ごもり気味に返事をする。

傑に悪気はないのはわかるし、誘拐されて失うかもしれなかった薫を手元に取り戻してから溺愛がさらに加速して、ありとあらゆる姿を映像に残しておきたいとこだわることを「病的」と言ってしまうのも憚《はばか》られるが、もうすこし正気に戻ってもらいたい。

もしこの先もまた悪気なく非常識なことをされたとして、あまり何度も抗うと、思いやりのない若造は婿にふさわしくないと別れさせられたりしても困るし、と苦慮《くりょ》していると、

『匠馬くん、呆れてる……？　さっきもすごくぎょっとした顔してたし、きっとこの親子はお

かしいって思ったんだよね……。僕は親って普通ああいうことするものなんだって思って育ったから、あんまり変だと思わなかったんだけど、匠馬くんはとんでもないと思ったみたいだし、親が子供のことをなんでもかんでも撮ろうとするのって、きっとおかしいことなんだよね……？』

と薫が困惑気味の表情で言った。

「……まあ、『普通』って人それぞれ違うから、九石家ではあれが当たり前のことなんだろうし、おかしいって言い切るのもどうかと思うけど、ちょっと戸惑った。うちなんかホームビデオなんて、五歳くらいまでの誕生日とかクリスマスとか、大きくなってからは柔道の大会とか体育祭とかイベントのときだけで、そんな大量に撮ったりしてないからさ。傑さんたちって、あの膨大《ぼうだい》な映像、どうしてるんだ？」

子供が幼い頃はどの家でも成長記録として頻繁《ひんぱん》に撮影するのもわかるが、薫の場合はなんのイベントでもない日常風景でも四六時中撮影していたし、そんなに撮ってどうするのか、老後の楽しみといっても多すぎだろ、と思いながら聞いてみると、

『地下の専用の保管室に「何月何日、薫何歳何ヵ月何日目」って整理してずらっと棚に収納されてて、毎晩ふたりでお気に入りの映像を見てから寝るみたいだよ。寝顔なんか、別に毎日撮っててもたいして変わらないと思うんだけど、寝相とか顔の向きとか寝言とかが違うから、どれもいいって新鮮に鑑賞してるみたい』

とまた耳を疑うことを言われ、「はあ？　寝顔まで撮ってんのか!?　しかも毎日!?　それ絶対おかしいよ！」と思わず叫んでしまう。

薫は画面越しにビクッと震え、

『やっぱりおかしいんだ……。でもお父様は僕が寝てる間にもし犯罪者が侵入してきたときのために防犯カメラは必要だって、ずっと前から寝室も撮られてるんだけど、普通じゃないんだね……？』

と衝撃を受けた顔で言われ、匠馬も衝撃に硬直する。

広い豪邸のすべてに二十四時間官邸レベルのセキュリティを敷いているから、不審者は蟻《あり》の子一匹入れないはずだし、そのカメラは絶対薫の可愛い寝顔が見たい傑と碧の趣味に決まっている。

匠馬は唾《つば》を飲み込み、声を潜《ひそ》めて問う。

「……あのさ、前におまえも俺をオカズにして何度も抜いたことあるって言ってただろ？　まさかそういうのも全部お義父さんたちに録画されて見られちゃってるのか……？」

初めて結ばれた夜、意外に抵抗なく「見てて」と堂々と手淫《しゅいん》するところを見せてくれたのは、普段から見られ慣れているせいだったんだろうか、と青ざめながら確かめると、

『まさか。そういうことをしたくなったのは中学くらいだから、もう秘密にすべきことだってわかってたし、お風呂やトイレでこっそりしてたよ。そこまではカメラ付いてないし』

という返事を聞き、ほっと胸を撫で下ろしてから、いや、まだ安心してる場合じゃない、と匠馬は画面に身を乗り出す。

「薫、よく聞いて。来年俺が宮古島から帰ってきて、そっちに住まわせてもらうとき、俺たちの部屋と寝室には死んでもカメラはつけないでってお義父さんたちに頼んでくれ。じゃなきゃ、俺カメラが気になって薫に『好きだ』とも言えないし、いちゃいちゃもなんにもできないよ。……ふたりだけで出かけたくてもいつも西久保さんと米田さんがそばにいて会話を聞かれるのも慣れなくてしんどいのに、寝室のやりとりを見られるなんて、ほぼ離婚案件くらい嫌だから、善処《ぜんしょ》してくれないなら同居を考え直さないといけなくなるし」

きっと薫から頼めば角《かど》が立たないだろうし、これを機になんとか常識的なレベルまで子離れしてくれないものかと切《せつ》に願いながらやや強めの言葉を使うと、薫は『り、離婚……⁉』と目を剝いて顔を引き攣《つ》らせた。

『しょ、匠馬くん、僕、必ずお父様に匠馬くんが嫌がることはしないでって頼んで改めてもらうから、お願いだから離婚なんて言わないで……！』

泣きそうな顔で懇願《こんがん》され、

「いや、離婚っていうのは言葉の綾《あや》で、俺だって薫と別れる気なんてないけど、九石家の風習にすべて染まるのはどうしても無理だから、そこはわかってほしいだけ」

と言い直すと、薫はわななく唇を嚙みしめて思い詰めた表情でしばし黙りこくってから、伏せていた目を上げた。

『……匠馬くん、この件については僕に任せて。あと、よかったら明日一緒に宮原先生に会いに行かない？　僕いまから先生に連絡を取って、開店前に会えないか聞いてみるから』

唐突に先生の名を出されて一瞬驚いたが、元々この休みのどこかで会いに行こうと言っていたし、盗撮騒動で動揺した気分が先生と旧交《きゅうこう》をあたためたら落ち着くかもと思い、「いいよ」と頷いた。


翌日の午後、米田《よねだ》の運転で新宿まで行き、店の近くの道沿いで下ろしてもらう。

米田が近くのパーキングに停めに行き、匠馬《しょうま》たちは西久保《にしくぼ》と共に歩いて宮原《みやはら》先生の店に行った。

「まあ、お久しぶりね、九石《さざらし》くんとは昨日もしゃべったけど、藤平《ふじひら》くんとは五年ぶりよね。元気だった？　ほんとに懐かしいわぁ。A組ってインパクト強い子が多かったから、よく覚えてるのよ」

ピンクのボブのウィッグに、赤地に白い大きな水玉の派手なワンピースを巨体に纏《まと》った宮原先生にハグされ、「お久しぶりです、先生もお元気そうで」と挨拶《あいさつ》する。

開店前の小さなバーのカウンターにもうひとり見知らぬ中年の男性がおり、私服だが従業員なのかなと思っていると、薫《かおる》が笑顔で会釈《えしゃく》しながら言った。

「宮原先生、成島《なるしま》さんも急にご連絡したのに快《こころよ》くお越しくださってありがとうございます。先生のパートナーの方に是非お目にかかってみたかったのでとても嬉しいです。改めまして、先生の教え子の九石薫と申します。こちらは同じく先生の教え子で、僕のパートナーの藤平匠馬くんです」

迷いなく紹介され、この人が例の先生のお相手か、と思いながら、「初めまして」と成島氏に会釈をする。

この人も一緒とは聞いてなかったけど、こないだ先生に張り合ってチャットで惚気《のろけ》合戦をしたと言っていたから、リアルでやりたかったのかな、と思いつつ、三十分ほど世間話や高校時代の話をしていたとき、「こんにちは」と入口からどこかで聞き覚えのある声がした。

みんなで振り向くと、昔薫と親しかった湯ノ上甜《ゆのうえけい》が大きなプレゼントのような箱を小脇に抱えて立っており、薫が笑顔でスツールから降りて出迎える。

「憩くん、いらっしゃい。ありがとう、急だったのに来てくれて」

湯ノ上も呼んでいるとは知らなかったので驚いていると、

「薫くんの頼みだし、先生にもお会いしたかったからいいよ。……はい、これご依頼のもの」

と湯ノ上がプレゼントの箱を薫に渡す。

なにを頼んだんだろう、と思っていると、薫はカウンターの隅に箱を置き、宮原に言った。

「先生、湯ノ上憩くんも懐かしいでしょう？　憩くんはいま煌星《こうせい》大学の院生なんですよ」

「そうなの、お久しぶりね、湯ノ上くん。いまもふたりは仲良しなのね」

薫が湯ノ上に隣のスツールを勧めて先生が飲み物を出すと、一口飲んでから匠馬に視線を向けた。

国内外のリゾート地にいくつも豪華ホテルを展開する湯ノ上グループの息子で、薫と同等の超ハイクラスのセレブなのであまり交流がなかったが、

「藤平くん、久しぶりだね。薫くんから聞いたけど、やっと両片想いにケリがついたんだってね。昔から薫くんは口を開けば藤平くんのことしか話さなかったし、藤平くんも僕のことを遠くから恨みがましい目で睨んでて、あからさまに両想いだったのに延々こじれててヤキモキしてたから、ようやく無事まとまってくれて僕もホッとしたよ。おめでとう」

とポンと肩に手を置かれる。

「……あ、ありがとう」

薫と距離があったとき、いつも隣にいた湯ノ上に嫉妬していたことを指摘されて赤面しつつ、薫はあの頃も自分のことばかり話題にしていたと教えてくれた湯ノ上への好感度が上がる。

しばし文芸部での思い出話などしてから、薫と湯ノ上がさりげなくアイコンタクトをしたのが見えた。

湯ノ上はおもむろにスツールから降りて「あっ……！」と床に身を投げだす。

え、急にどうしたんだ、と思ったとき、「憩くんっ、しっかりして！」「湯ノ上くん、大丈夫⁉」と薫と宮原先生がやけに大声で呼びかけ、成島が気絶したような湯ノ上を片膝の上に抱き起こす。

薫が入口に向かって「西久保さんっ、米田さんっ、早く来て！」と叫び、戸口の両脇で警護していたふたりが中に駆けこんでくると、

「僕の友達が倒れたんだ。前から持病があって、学校でもよく発作を起こしてたんだけど、かかりつけ医で点滴を受ければおさまるから、急いでうちの車で送ってあげて」

と真顔で命じる。

湯ノ上が学校で倒れたところなんて見たことないぞ、と眉を寄せながら、病院名を伝える薫を見おろす。

「私たちも一緒に乗せてもらえますか？　心配なので一緒に病院に行きたいんです」

案じ顔で米田に言った宮原に、

「先生、憩くんの発作時はなるべく静かにして外界の刺激を減らさないといけないんです。僕らが大勢付き添うと悪化させてしまうので、僕のＳＰだけに任せたほうが。僕らはハイヤーで向かいましょう。米田さん、早く車を回して。西久保さん、なるべくそっと、でも急いで車まで憩くんを運んであげて」

と普段のおっとりぶりを潜《ひそ》めて薫がてきぱき仕切る。

米田たちはふたり同時に薫のそばを離れるのはまずいとややためらっていたが、

「そんなこと言ってる場合じゃないし、僕なら匠馬くんも先生たちもいるから大丈夫だよ。憩くんのために早く行って。憩くんはＹｏｕ Ｋｎｏｗホテル＆リゾートの御曹司《おんぞうし》だから、丁重に運んであげてね」

と薫がやんわり急《せ》かすと、「では、くれぐれもお気をつけて」と匠馬に目顔で薫を託し、米田と西久保は湯ノ上を横抱きにして出て行った。

ふたりが去った途端、薫は湯ノ上が持ってきた箱を開けて、「匠馬くん、なにも聞かずに急いでこれに着替えて」と中から女物の服やウィッグを二人分カウンターに次々並べる。

「ちょ、なに、どういうこと……？」

さっきから一体なにがどうなっているのかさっぱりわからず、なんで女装をしなければならないのか見当もつかずに戸惑っていると、薫は潔《いさぎよ》くその場で着ている服を脱いで下着姿になり、

「匠馬くん、憩くんのお抱え運転手さんが待ってるから、一分以内に着替えて。説明は車の中でするから」

とカップつきスポーツブラをつけて花柄のワンピースを被《かぶ》る。

「九石くん、はい口紅」とふわふわした茶髪のセミロングのウィッグをつけた薫の唇に宮原が仕上げにピンクのルージュを塗ってやり、薫はすっかり女子に変身する。

こんなわけのわからない状況でなければ、可愛い、と萌えられたと思うが、いかんせん意味

不明すぎて戸惑いのほうが大きく、先生のバーで女装してバイトでもする気なんだろうか、と思いながら呆然と突っ立っていると、

「匠馬くんっ、早く！　すぐ元の姿に戻れるから、言うこと聞いて！」

と急かされ、しょうがなく一着分残っていた紺のワンピースに低いヒールのパンプスを履《は》き、黒いロングヘアのウィッグに鍔広《つばひろ》の帽子を被る。

薫はいままで着ていた男物の服と靴を急いで鞄に詰め、スマホの電源を切って宮原に渡す。

「先生、これを帰国するまで金庫で預かってもらえますか？　ＧＰＳでお父様に見つかるといけないので」

帰国って、いまからどこに行くつもりなんだ、と戸惑う匠馬の唇に宮原が真っ赤なルージュを塗り、「金庫はないからレジで預かるわね」と薫のスマホをレジにしまって鍵をかけた。

「ではみなさん、いまから空港に向かいます。目的地はティオランガ共和国のビーチリゾートです。憩くんがＹｏｕ　Ｋｎｏｗホテル＆リゾート・シグリドのスイートとプライベートジェットを手配してくれたので、お互い素敵なハネムーンを満喫《まんきつ》しましょう」

薫がにこやかに宣言すると、宮原と成島がカウンターの下から小さな旅行鞄を取り出す。

「ありがとうね。教え子に高級リゾートの旅行をプレゼントしてもらうなんていいのかしらって罪悪感もあるんだけど、是非とも人助けのつもりで協力してほしいって言われちゃったから、御言葉に甘えてありがたくご一緒させてもらうわね」

宮原が薫に頭を下げ、成島も「初対面なのに僕まで図々しくすみません」と頭を下げる。

ひとり蚊帳《かや》の外で困惑する匠馬の腕を薫が摑み、四人で外に出ると、宮原が店の扉に「五日間休業させていただきます」という張り紙を貼る。

「こちらです！」と言いながら走りだす薫につられて四人で大通りまで走ると、「松延《まつのぶ》さん、僕です！」と一台の高級車の前に立って待っている運転手の制服を着た初老の男に薫が呼びかける。

湯ノ上のお抱え運転手らしく、「憩様から委細《いさい》承《うけたまわ》っております。どうぞお乗りください」と見るからに怪しい女装混じりの四人組を動じずに乗せてくれた。

成田へ向かう車中で、

「……薫、なにからなにまでわからないんだけど、旅行に行くなんて聞いてないから、なんの支度もしてないし、パスポートも持ってないぞ」

と大問題を指摘すると、

「大丈夫。こんなこともあろうかと宮古島のアパートからちゃんと持ってきたし、必要なものは現地で揃えればいいから手ぶらで平気だよ。カードで足がつかないように現金用意したし」

と札束を見せられ、あんぐりしているうちに空港まで運ばれてしまった。

あれよあれよという間に機中の人になり、トイレで大女の女装を解いて元の服に戻ってから、広々したファーストクラスで薫を問い詰める。

「なあ薫、どういうことなんだよ。先生たちを誘って旅行に行くなら、先に教えてくれよ。普通に先生に会いにいくだけだとばっかり思ってたのに、成島さんとか湯ノ上まで現れて、急に発作とか女装とか海外とか言いだすし、またプライベートジェットだし、さっきからわけがわからなすぎて頭どうにかなりそうだっただろ」

宮原先生たちは一番奥の席で離れているので、多少揉《も》めても聞こえないだろうと遠慮なく文句を言うと、薫は「だって」と軽く唇を噛んで弁解した。

「昨夜《ゆうべ》匠馬くんが『離婚案件』なんて言い出すから、なんとかしてお父様やSPの目が届かない場所で心おきなくのびのびいちゃいちゃできるハネムーンを用意して、匠馬くんに離婚されないようにしなきゃって必死で策を練ったんだよ。先に話したら、匠馬くんが黙ってても、聡《さと》美《み》さんって勘がいいから、お父様に『ちょっとそわそわしてどこか旅行にでも行きそうな気配があった』とか報告されちゃうといけないし、送迎車の中でも話したら米田さんたちに速攻で報告されて邪魔されちゃうと思って、黙ってた。あと女装してもらったのは、昔誘拐されたときもお父様は全国の監視カメラを探させて四時間で発見したし、今回も普通の格好で移動したら、国内ならすぐに見つかっちゃうと思って一計を案じたんだよ。僕たちふたりだけより、数が多いほうがカムフラージュになるし、失礼だけど先生のほうが目立つから、女装の僕たちが映っても仲間だなとサッと流し見てくれるかなと思って。でも先生たちを誘ったのは、カムフラージュのためだけじゃなくて、ふたりにもぜひ楽しい時間をプレゼントしたかったんだ。僕、先生が学校を追われたとき、なんにもできなくて、ずっと不甲斐《ふがい》なく思ってたから」

「……それは、俺もだけど」

匠馬がそう相槌《あいづち》を打つと、薫はきゅっと匠馬の手を握ってくる。

「新聞部の汐入《しおいり》くんは号外で学校側を批判したり、スカートを穿《は》いて抗議したり、ちゃんと先生のために動いたのに、僕は見てるだけだったから、こないだ先生から連絡をもらって、成島さんとのことを聞いて、罪滅ぼしになにかさせてもらいたいなって思ったんだ。昨日急に誘っちゃって、先生にはお店を休んでもらったり、成島さんも在宅ワークだけど調整してもらったりしなきゃいけなくて申し訳なかったんだけど、是非先生たちにも幸せな思い出をプレゼントしたくて。自力で汗水たらして手にしたお金じゃないからえらそうなことは言えないんだけど」

「……そっか」

経済力のない庶民にはできない贈り物だが、誰かのためにこういう金の使い方ができるってかっこいいな、とひそかに思う。

「けど、なんでティオランガっていう国にしたんだ？」

南太平洋にある島国だというのは地図で見たことがあるが、あまりメジャーな国ではない気がして問うと、

「憩くんのおすすめで、リゾートもできるけど、手つかずのジャングルがあったりする穴場だし、衛星回線とか海中のケーブルとかの事情でネットが繋がりにくいから、お父様に見つかりにくいんじゃないかって。憩くんは匠馬くんの次に大事な友達で、困ったときにはお互い助け合える仲だから、今回も協力を仰《あお》いだら快《こころよ》く引き受けてくれて、持病なんかないのに発作を起こしたことにしてSPを引きつけようとかいろいろ案を出して熱演してくれたんだ」

昨夜から一晩ですべての計画を立てて根回しして、セレブな友人のコネも使って無事ここまでやり遂げた薫の行動力に呆気《あっけ》にとられつつも、うっかり感心してしまう。

薫の行動はいつもどれだけ意味不明で素《す》っ頓狂《とんきょう》に見えてもすべて自分を想うがゆえで、それだけはブレないので、びっくり箱ぶりに腰を抜かすほど驚かされても最後は愛《いと》おしさでいっぱいになる。

「匠馬くん、このハネムーンプラン、気に入らなかった……？」

やや不安げに上目遣いに問われ、女装以外の変装にしてほしかったとか言いたいことはいろいろあったが、概《おおむ》ね文句はなかったので「いや、到着が楽しみだよ」と本心から告げると、薫はホッと安堵の吐息を零《こぼ》して笑顔になった。

「よかったぁ。ティオランガって広大なジャングルにいろんな風習の先住民がたくさんいたりして、都会でも人々がおおらかに多様性を受け入れてる国で、男同士でも街中を堂々と手を繋いで歩いても大丈夫なんだって。お父様も西久保さんたちも見てないいし、夕日の綺麗なビーチで手を繋いでキスしたり、いっぱいロマンチックなことしようね」

そう天真爛漫《てんしんらんまん》に提案され、ちょっと恥ずかしいが、旅の恥はかき捨てだからまあいいか、と匠馬はまた「自称硬派」を返上《へんじょう》することにしたのだった。

あとがき

AFTERWORD……………………

―小林典雅―

こんにちは、または初めまして。本作は雑誌の「幼なじみ特集」号に掲載していただいた作品で、元々幼なじみ物は大好物なのですが、さらに庶民《しょみん》とセレブの格差カプ、赤子の頃から相思相愛なのに誤解で両片想い歴二十二年、両想いになった途端見る影もなく脳内がお花畑化する硬派攻、うぶな箱入り御曹司《おんぞうし》なのに欲望に素直な肉食誘い受など、自分的萌えポイントを詰め込んで楽しく書かせていただきました。

格差のあるカプの金銭感覚や思考回路のズレを書くのが楽しくて、つい時々書きたくなるのですが、根っからの庶民なので毎度金持ち描写に難儀《なんぎ》してしまいます。今回受の薫《かおる》をマンガでしか見たことがないような日本有数の資産家の御曹司という設定にしたのに、初稿で「薫がタッパーにおかずを入れてSPに持たせた」と書いたら、担当様から「『タッパー』はあまり御曹司らしくないかと」とご指摘を受けて赤面しながら直しました（笑）。

私は新作と既刊をコラボさせるのが好きで、本作は『友達じゃいやなんだ』という作品とうっすらリンクしています。煌星《こうせい》大学付属高校で匠馬《しょうま》と薫のクラスメイトだった堂上《どうがみ》と汐入《しおいり》（本作にも名前だけ出てきます）が卒業して九年目の同窓会で再会して恋を実らせるお話です。その同窓会で薫は汐入たちと同じ席になって思い出話をするのですが、そちらを書いたときは薫を主役にスピンオフを書くとは思っておらず、生まれ育ちにインパクトのある脇キャラのつもりでした。でも雑誌掲載後に読者様から「九石《さざらし》くんが気になります」「九石くんのお話が読みたいです」というリクエストをいただいて、じゃあ薫にお相手を作ってやらねば、ということで匠馬が生まれました。リクエストしてくださった皆様、ありがとうございました！

それと薫たちがハネムーンに行く「ティオランガ共和国」は『密林の彼』という作品の舞台で、薫たちは近代的な首都のシグリドにリゾートに行きますが、文明と隔絶《かくぜつ》した奥地にテレビの取材に来たADと美貌の原住民研究者の織りなすジャングルBLというあらすじにご興味を引かれた方は、是非そちらもお手に取っていただけたらとても嬉しいです。

そして今回は大好きな須坂紫那《すざかしな》先生に挿絵を描いていただけました！　須坂先生の初掲載作品を拝読《はいどく》したときから、可愛い～！　とひと目惚れしまして、あっという間に大人気漫画家様になられるのを（わしの目に狂いはなかった）と思いながら推《お》してきたので、今回須坂先生にお願いできてめちゃくちゃ幸せでした！　お忙しい中、本当にありがとうございました！

あと私はタイトルセンスがいまいちで、いつも候補を割とたくさん考えて担当様に選んでもらうのですが、自分的に「これがイチオシ！」と思ったタイトルは高確率でボツで、今回もあえなくボツだったお気に入りタイトルは『君の♡（ハート）が☆（ほし）かった』です（笑）。

読中笑顔になっていただけたら幸せです。次のビタミンBLでもお目にかかれますように。

この本を読んでのご意見、ご感想などをお寄せください。
小林典雅先生・須坂紫那先生へのはげましのおたよりもお待ちしております。

〒113-0024　東京都文京区西片2-19-18　新書館
[編集部へのご意見・ご感想] 小説ディアプラス編集部「御曹司の恋わずらい」係
[先生方へのおたより] 小説ディアプラス編集部気付　○○先生

- 初出 -
御曹司の恋わずらい：小説ディアプラス22年アキ号（Vol.87）
御曹司の新妻日記：書き下ろし

[おんぞうしのこいわずらい]
御曹司の恋わずらい

著者：**小林典雅** こばやし・てんが

初版発行：2023年11月25日

発行所：株式会社 新書館
[編集] 〒113-0024
東京都文京区西片2-19-18　電話（03）3811-2631
[営業] 〒174-0043
東京都板橋区坂下1-22-14　電話（03）5970-3840
[URL] https://www.shinshokan.co.jp/

印刷・製本：株式会社 光邦

ISBN978-4-403-52586-5